小小灯塔国际大奖小说

【彩绘注音版】

世界上最可爱的淘气包

[奥] 薇莲娜·霍赫莱特纳 著绘 [德]风雷 译

中信出版集团 | 北京

sēn lín
森林

nǐ men tīng shuō guo nà piàn sēn lín ma
你们听说过那片森林吗？

lí zhèr bù yuǎn jiù zài fù jìn qí shí shuí yě shuō bu zhǔn tā dào dǐ
离这儿不远。就在附近。其实谁也说不准它到底
zài nǎr yīn wèi zhè piàn sēn lín xíng zōng bú dìng tā zǒng shì chū xiàn zài nǐ zuì
在哪儿，因为这片森林行踪不定。它总是出现在你最
yì xiǎng bú dào de dì fang shuí yào shì cóng zhè piàn sēn lín lǐ shùn shǒu ná zǒu
意想不到的地方。谁要是从这片森林里顺手拿走
diǎnr shén me bǐ rú yì jiér yòng lái zuò yá qiān de xiǎo shù zhī shù shàng mǎ
点儿什么，比如一截儿用来做牙签的小树枝，树上马
shàng jiù huì zhǎng chū shí gēn xīn de zhī tiáo lái
上就会长出十根新的枝条来。

wǒ gāng gāng shuō shá lái zhe zhī tiáo bù bù lín zi lǐ huì sōu sōu de
我刚刚说啥来着，枝条？不不，林子里会嗖嗖地
zhǎng chū shí kē xīn shù lái
长出十棵新树来！

dāng rán le zhè ge gù shi de zhǔ jué bìng bú shì zhè piàn sēn lín ér shì zhù
当然了，这个故事的主角并不是这片森林，而是住
zài sēn lín lǐ de jǐ gè qí guài de jiā huo bǐ rú ài dí tè bú guò wǒ xiān
在森林里的几个奇怪的家伙，比如艾迪特。不过，我先
yào gēn nǐ men jiǎng jiang yì huǒ tǔ fěi de gù shi tā men de lǎo wō jiù zài sēn lín
要跟你们讲讲一伙土匪的故事，他们的老窝就在森林
zhōng yí gè yīn àn de shān dòng lǐ méi yǒu rén zhī dào zhè ge shān dòng zài shén me
中一个阴暗的山洞里。没有人知道这个山洞在什么
dì fang zhè qí shí yě méi shén me hǎo qí guài de yīn wèi lián zhè piàn sēn lín dào
地方。这其实也没什么好奇怪的，因为连这片森林到
dǐ zài nǎr dōu wú rén zhī xiǎo
底在哪儿都无人知晓。

-1-

lù lín jié fěi
绿林劫匪

世界上最可爱的淘气包

tǔ fěi zàn shí zhǐ yǒu sān gè qí zhōng liǎng gè chà bu duō yí yàng gāo lìng
土匪暂时只有三个。其中两个差不多一样高。另
wài yí gè shāo wēi ǎi yì diǎnr zhǎng le yì tóu huǒ hóng de tóu fa bú guò shuí
外一个稍微矮一点儿，长了一头火红的头发。不过谁
gāo shuí ǎi shuí de tóu fa shén me yàngr zhè xiē bìng bú zhòng yào tā men
高谁矮、谁的头发什么样儿，这些并不重要。他们
měi gè rén dōu néng yǒu lún dào jué dìng dà shì de shí hou
每个人都能有轮到决定大事的时候。

zhè sān rén bān jìn le yí gè shān dòng bìng gěi zì jǐ qǐ le xīn de tǔ fěi
这三人搬进了一个山洞，并给自己起了新的土匪
míng zi
名字！

shān dòng shēn chù yǒu yí gè dà xiāng zi xiāng zi lǐ miàn luò zhe hǎo jǐ gè
山洞深处有一个大箱子，箱子里面摞着好几个
huáng sè de dà dài zi tā men cóng nà lǐ tou fān chū le yì duī yī wù gù shi jiù
黄色的大袋子，他们从那里头翻出了一堆衣物。故事就
shì cóng zhè xiē dōng xi kāi shǐ de yì dǐng kuān yán yuán dǐng mào yí jiàn tiáo wén
是从这些东西开始的。一顶宽沿圆顶帽、一件条纹
chèn shān yí gè hóng sè de fáng fēng tóu tào hái yǒu yì tiáo kuān dà de hēi pí
衬衫、一个红色的防风头套，还有一条宽大的黑皮
dài jì shàng tā zài wǎng yāo lǐ chā qī bǎ dāo kěn dìng méi wèn tí
带，系上它再往腰里插七把刀肯定没问题。

sān rén gè zì bǎ yī wù chuān dài qǐ lái rán hòu zhàn zài xiāng zi biān de dà
三人各自把衣物穿戴起来，然后站在箱子边的大

jìng zi qián shàng xià dǎ liang le yì fān zhè cái fā xiàn zì jǐ yuán lái shì yí fù tǔ
镜子前上下打量了一番，这才发现自己原来是一副土
fěi de mú yàng
匪的模样！

jì rán chéng le tǔ fěi nà tā men děi yǒu xīn de míng zi cái xíng tā
既然成了土匪，那他们得有新的名字才行。他
men de zhēn míng yě jiù shì bà ba mā ma gěi qǐ de míng zi xiàn zài tīng qǐ
们的真名，也就是爸爸妈妈给起的名字，现在听起
lái kě tài bù bān pèi le yīn wèi tā men shí zài shì tài guāi qiǎo tài bù kě
来可太不般配了，因为它们实在是太乖巧、太不可
pà tài bù shén mì le
怕、太不神秘了。

mǎ yà hé bù lǔ nuò yě jiù shì nà liǎng gè zhǎng de chà bu duō yí yàng gāo
玛娅和布鲁诺，也就是那两个长得差不多一样高
de jiā huo zhàn zài jìng zi gēn qián zhuǎn guò lái niǔ guò qù bù yí huìr tā liǎ
的家伙，站在镜子跟前转过来扭过去，不一会儿他俩
jiù yǒu le zhǔ yi
就有了主意。

zài xià bù lóng sī jī bù lǔ nuò yì biān shuō yì biān bǎ hēi mào zi
“在下布龙斯基！”布鲁诺一边说，一边把黑帽子
wǎng xià lā le lā méi cuò zhè jiù shì tā xiǎng xiàng zhōng de yàng zi tā mǎ
往下拉了拉。没错，这就是他想象中的样子！他马
shàng zài cóng tóu cāo liàn yí biàn zài xià bù lóng sī jī wǒ shì lái dǎ jié de
上再从头操练一遍：“在下布龙斯基！我是来打劫的！

màn man de bǎ shou jǔ qǐ lái bài tuō kě bié zuò shǎ shì
慢慢地把手举起来！拜托，可别做傻事！”

mǎ yà hé kǎ sī bā bǎ shǒu jǔ le qǐ lái tā men kě méi xiǎng guo yào
玛娅和卡斯巴把手举了起来。他们可没想过要
zuò shén me shǎ shì bù lóng sī jī hěn yǒu wēi shè lì sān rén hā hā dà xiào
做什么傻事。布龙斯基很有威慑力。三人哈哈大笑
qǐ lái
起来。

xiàn zài lún dào mǎ yà le wǒ shì wàng dá tā yā dī le shēng yīn duì
现在轮到玛娅了。“我是旺达！”她压低了声音对
zhe jìng zi lǐ de rén xiàng shuō dào tā bǎ nà ge hóng sè de fáng fēng tóu tào dài
着镜子里的人像说道。她把那个红色的防风头套戴
zài le tóu shàng mǎ yà jué de wàng dá zhè ge míng zi tīng qǐ lái pō là wú bǐ
在了头上。玛娅觉得旺达这个名字听起来泼辣无比，
wú suǒ wèi jù zì yóu zì zài xiǎng gàn shá jiù gàn shá méi rén dǎn gǎn fǎn kàng
无所畏惧，自由自在，想干啥就干啥！没人胆敢反抗
yí gè jiào wàng dá de nǚ tǔ fěi huò zhě mào chū shén me yāo gěi tā jiǎn
一个叫旺达的女土匪，或者冒出什么要给她剪
shǒu zhǐ jia de chǔn zhǔ yi
手指甲的蠢主意。

kǎ sī bā zé lìng wài yòu qù zhǎo le yí miàn xiǎo jìng zi
卡斯巴则另外又去找了一面小镜子
ná zài shǒu shàng zhè yàng tā jiù néng cóng gè gè jiǎo dù dǎ
拿在手上，这样他就能从各个角度打

liang zì jǐ le kě shì bù guǎn tā zěn me zhuǎn guò lái niǔ guò qù tā jiù shì
量自己了。可是，不管他怎么转过来扭过去，他就是

xiǎng bu chū yí gè hé shì de tǔ fěi míng lái
想不出一个合适的土匪名来。

nǐ men zhè me yì zhí dīng zhe wǒ qiáo jiào wǒ zěn me xiǎng de chū lái
“你们这么一直盯着我瞧，叫我怎么想得出来？”

tā zé guài de shuō
他责怪地说。

měi dāng tā jī dòng hài pà huò wú yì zhōng chī le jiān guǒ shí
每当他激动、害怕或无意中吃了坚果时，

tā de liǎn shàng jiù huì qǐ xiǎo hóng diǎnr xiàn zài jiù shì zhè yàng
他的脸上就会起小红点儿。现在就是这样。

wàng dá bǎ hóng sè de fáng fēng tóu tào cóng tóu shàng chě le xià
旺达把红色的防风头套从头上扯了下

lái zhè wán yir yǎng sǐ rén le
来，这玩意儿痒死人了。

nǐ wèi shá bú jiào gā sī pà
“你为啥不叫嘎斯帕

ne tā tí yì dào tā
呢？”她提议道，她

bǎ zhè ge míng zi yòng fǎ yǔ de fā yīn niàn le yí biàn，“gǎ sī pà——”
把这个名字用法语的发音念了一遍，“嘎斯帕——”

gǎ sī pà　kǎ sī bā chóng fù dào
“嘎斯帕？”卡斯巴重复道。

wàng dá diǎn dian tóu
旺达点点头。

wèi shá ne　kǎ sī bā wèn
“为啥呢？”卡斯巴问。

wàng dá sǒng le sǒng jiān shuō　qí shí tā jiù gēn kǎ sī bā yí yàng，zhǐ
旺达耸了耸肩说：“其实它就跟卡斯巴一样，只
bú guò shì fǎ yǔ ér yǐ　nǐ bù jué de tā tīng qǐ lái yǒu diǎnr……tǔ fěi xī
不过是法语而已。你不觉得它听起来有点儿……土匪兮
xī de
兮的？”

kǎ sī bā shì zhe xué shuō zhè ge míng zi　gǎ sī pà，gǎ sī pà……
卡斯巴试着学说这个名字。“嘎斯帕，嘎斯帕……
yāo chā qī bǎ dāo de tǔ fěi gǎ sī pà　tā duì zhe jìng zi hǎn dào　tā jì
腰插七把刀的土匪嘎斯帕！”他对着镜子喊道。他系
shàng le nà tiáo kuān dà de hēi pí dài，yāo lǐ chā zhe tā de qī bǎ dāo
上了那条宽大的黑皮带，腰里插着他的七把刀。

cóng jìng zi lǐ kě yǐ kàn chū，kǎ sī bā shì tú ràng zì jǐ xǐ huan shàng zhè
从镜子里可以看出，卡斯巴试图让自己喜欢上这
ge xīn míng zi，kě xī tā bàn bú dào
个新名字，可惜他办不到。

tā qí shí yǒu diǎnr xiǎng jiào zhī zhū xiá ér bú shì fǎ guó bǎn de tǔ fěi kǎ
他其实有点儿想叫蜘蛛侠，而不是法国版的土匪卡
sī bā
斯巴。

guò le yí huìr tā shuō rú guǒ gǎ sī pà hé kǎ sī bā bìng méi
过了一会儿，他说：“如果嘎斯帕和卡斯巴并没
shén me qū bié nà wǒ hái shì jiù jiào kǎ sī bā ba wàng dá hé bù lóng sī jī
什么区别，那我还是就叫卡斯巴吧！”旺达和布龙斯基
diǎn dian tóu
点点头。

dāng rán le guāng shì jǐ jiàn yǒu méi wèi de jiù yī fu yí gè chú le tā men
当然了，光是几件有霉味的旧衣服、一个除了他们
shuí dōu bù xǔ jìn rù de shān dòng jǐ gè xīn míng zi huò zhě jiù míng zi bìng
谁都不许进入的山洞、几个新名字（或者旧名字）并
bù néng ràng tā men biàn chéng yì huǒ tǔ fěi zhēn zhèng de tǔ fěi hái děi yǒu liǎng
不能让他们变成一伙土匪。真正的土匪还得有两
yàng dōng xi zhàn lì pǐn hé míng shēng tā men děi ràng zì jǐ shēng míng yuǎn
样东西：战利品和名声。他们得让自己声名远
yáng jìn rén jiē zhī cái xíng
扬、尽人皆知才行。

zhè liǎng yàng dōng xi tā men dōu huì dé dào shì qing de jīng guò shì zhè
这两样东西他们都会得到。事情的经过是这
yàng de
样的。

wǒ yě bú tài qīng chǔ bù lóng sī jī shuō bú guò tǔ fěi de
“我也不太清楚……”布龙斯基说，“不过土匪的

lǎo wō jiù zhè mú yàng tā sì chù zhāng wàng le yí xià nǐ men bù jué de
老窝就这模样？”他四处张望了一下。“你们不觉得

zhèr hái bú gòu shū shì ma
这儿还不够舒适吗？”

wàng dá zhèng pā zài dì shàng duì zhe tā men nòng guò lái de yí gè bào zhěn
旺达正趴在地上，对着他们弄过来的一个抱枕

dū nang zhe shén me
嘟囔着什么。

wǒ yǒu zhǔ yi le kǎ sī bā tí yì dào yào xiǎng ràng zhèr shū
“我有主意了！”卡斯巴提议道，“要想让这儿舒

shì diǎnr zán men jiù děi yǒu zhī māo
适点儿，咱们就得有只猫！”

qǐ mǎ děi zài ruǎn huo diǎnr bù lóng sī jī shuō tā jué de bào
“起码得再软和点儿！”布龙斯基说，他觉得抱

zhěn hái shì bú gòu duō zán men méi yǒu chuáng diàn ma
枕还是不够多，“咱们没有床垫吗？”

duì ya kǎ sī bā dà shēng yìng hè dào tā yǐ jīng néng qīng
“对呀！”卡斯巴大声应和道，他已经能清

xī de xiǎng xiàng chū zhèr de yí qiè yīng gāi shì gè shén me mú yàng le
晰地想象出这儿的一切应该是个什么模样了，

yí gè néng tǎng xià sān gè tǔ fěi hé yì zhī māo de chuáng diàn
“一个能躺下三个土匪和一只猫的床垫！”

wàng dá réng zài bú duàn de duì zhe tā de bào zhěn dí gu shén me
旺达仍在不断地对着她的抱枕嘀咕什么。

nǐ zài shuō shá ne bù lóng sī jī wèn tā men hái shì yí gè zì dōu
“你在说啥呢？”布龙斯基问。他们还是一个字都
méi tīng míng bai
没听明白。

wàng dá zhè cái tái qǐ tóu lái shuō zài lái yì tái yóu xì jī nà yàng wǒ
旺达这才抬起头来说：“再来一台游戏机！那样我
men jiù néng hé xiǎo māo yì qǐ tǎng zài chuáng diàn shàng wán wǒ de shì jiè le
们就能和小猫一起躺在床垫上玩《我的世界》了！”

hái yào yǒu wǎng kǎ sī bā jiē zhe hǎn dào nà yàng wǒ men jiù
“还要有网！”卡斯巴接着喊道，“那样我们就
néng kàn zuì xīn de zhī zhū xiá diàn yǐng le
能看最新的蜘蛛侠电影了！”

wǒ men hái xū yào líng shí wàng dá shuō nà yàng wǒ men jiù bú
“我们还需要零食！”旺达说，“那样我们就不
yòng lǎo shì yīn wèi dǔ zi è huò kǒu kě ér pá qǐ lái le
用老是因为肚子饿或口渴而爬起来了。”

bù lóng sī jī yán sù de diǎn dian tóu wǒ men xū yào shǔ piàn bào mǐ huā
布龙斯基严肃地点点头。“我们需要薯片、爆米花
hé kě lè tā xuān bù dào
和可乐！”他宣布道。

dàn zuì zhòng yào de hái shì xiǎo māo kǎ sī bā zài cì qiáng diào shuō
“但最重要的还是小猫！”卡斯巴再次强调说，

méi yǒu xiǎo māo wǒ kě zài zhèr dāi bú xià qù
“没有小猫我可在这儿待不下去！”

yóu yú shàng miàn tí dào de nà xiē dōng xi tā men yí yàng dōu méi yǒu yīn
由于上面提到的那些东西他们一样都没有，因

cǐ sān gè tǔ fěi jué dìng chū dòng qiǎng jié
此三个土匪决定出洞抢劫。

zhè jiāng shì yǒu shǐ yǐ lái sēn lín lǐ zuì wěi dà de yí cì qiǎng jié shì
“这将是有史以来森林里最伟大的一次抢劫事

jiàn bù lóng sī jī zuò chū zhèng zhòng shēng míng
件！”布龙斯基做出郑重声明。

kǎ sī bā shǐ jìn de shuǎi dòng zhe yì chuáng bèi zi zhí dào shǒu zhōng zhǐ
卡斯巴使劲地甩动着一床被子，直到手中只

shèng xià yì tiáo kōng bèi tào wéi zhǐ
剩下一条空被套为止。

yòng lái zhuāng zhàn lì pǐn wǒ hái kě yǐ yòng tā lái zhuāng yùn
“用来装战利品！我还可以用它来装运

xiǎo māo
小猫！”

wàng dá hé bù lóng sī jī mǎn yì de diǎn dian tóu yú shì sān gè tǔ fěi cóng
旺达和布龙斯基满意地点点头。于是三个土匪从

shān dòng lǐ pá le chū qù lái dào yīn àn de sēn lín zhōng
山洞里爬了出去，来到阴暗的森林中。

dì yī gè mù dì dì shì nǎr tā men xīn lǐ kě shì yì qīng èr chǔ
第一个目的地是哪儿，他们心里可是一清二楚。

-2-

àosīkǎ (yī)
奥斯卡（一）

yóu xì kōng jiān
游戏空间

ào sī kǎ
奥斯卡

布龙斯基一针见血地指出："某个人什么都有而其他人一无所有，这实在是太不公平了！而且这个人还从来不跟别人分享！"

这已经是当天他们第二次提到奥斯卡了。

旺达点点头说："他活该！谁叫他不入伙的。"

"没错！自作自受！"卡斯巴从腰间的七把刀中抽出一把来。这些刀是他用硬卡纸做的，外面还缠了一层银色的胶带。奥斯卡肯定会以为它们是真刀。

"你们俩看住他，我趁机去拿游戏机。"旺达开始解释她的计划。

布龙斯基和卡斯巴一致同意。

zhǔn bèi hǎo le ma
“准备好了吗？”

yí qiè jiù xù xíng dòng ba bù lóng sī jī dá dào
“一切就绪，行动吧！”布龙斯基答道。

bú guò shǒu xiān tā men děi guò ào sī kǎ de bà ba lù dé wéi xī zhè yì guān
不过，首先他们得过奥斯卡的爸爸路德维希这一关。

nǐ men shì lái zhǎo ào sī kǎ ba
“你们是来找奥斯卡吧？”

sān gè tǔ fěi diǎn dian tóu
三个土匪点点头。

tā zài tā zì jǐ fáng jiān lǐ lù dé wéi xī yì biān shuō yì biān ràng sān gè tǔ fěi jìn wū lái yě xǔ nǐ men yǒu bàn fǎ bǎ tā cóng diàn nǎo hòu miàn yǐn chū lái lù dé wéi xī tàn le kǒu qì shuō zhè hái zi yì tiān dào wǎn jiù zuò zài nà ge pò jī zi gēn qián
“他在他自己房间里！”路德维希一边说，一边让三个土匪进屋来。“也许你们有办法把他从电脑后面引出来！”路德维希叹了口气说，“这孩子，一天到晚就坐在那个破机子跟前……”

wǒ men yào tuō xié ma kǎ sī bā wèn
“我们要脱鞋吗？”卡斯巴问。

ào sī kǎ de bà ba yǒu diǎnr shī shén tā dà gài hái zài xiǎng tā ér zi de
奥斯卡的爸爸有点儿失神。他大概还在想他儿子的

shì tā zuì hòu yí cì kàn jiàn ào sī kǎ hái shì chī zǎo fàn de shí hou cóng nà shí
事，他最后一次看见奥斯卡还是吃早饭的时候。从那时
dào xiàn zài dōu yǐ jīng guò le hǎo jǐ gè xiǎo shí le tā bù zhī suǒ cuò de kàn le
到现在都已经过了好几个小时了。他不知所措地看了
kàn zì jǐ jiǎo shàng de xié zi tā qù shuì jiào shí cái huì bǎ xié zi tuō diào
看自己脚上的鞋子，他去睡觉时才会把鞋子脱掉。

nà kě tài hǎo le tā zuì hòu shuō dào wǒ zuó tiān cái dǎ sǎo guo
“那可太好了！”他最后说道，“我昨天才打扫过
dì bǎn de
地板的！”

bù lóng sī jī sǎo le wàng dá yì yǎn tā hǎo xiàng zài wú shēng de wèn
布龙斯基扫了旺达一眼。他好像在无声地问：
zěn me zhe wǒ men qù qiǎng jié bié rén hái děi tuō xié kě shì kǎ sī bā yǐ
“怎么着？我们去抢劫别人还得脱鞋？”可是卡斯巴已
jīng bǎ tā de xié zi tuō le xià lái yì māo yāo cóng lù dé wéi xī de
经把他的鞋子脱了下来，一猫腰从路德维希的
gē bo xià miàn zuān jìn le wū
胳膊下面钻进了屋。

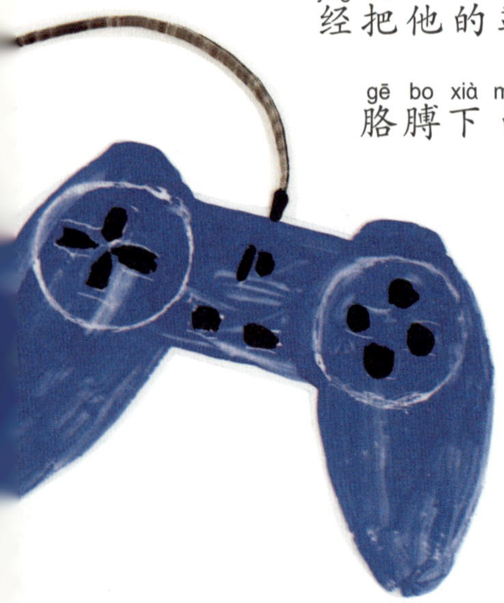

wàng dá yě zài zuó mo bù chuān xié de tǔ fěi hái yǒu
旺达也在琢磨不穿鞋的土匪还有
duō dà de wēi shè lì zhè me zuò de huà qǐ mǎ
多大的威慑力。“这么做的话，起码
ào sī kǎ jiù bú huì tīng dào wǒ men guò qù de jiǎo bù
奥斯卡就不会听到我们过去的脚步

shēng wǒ men jiù gèng róng yì zhì fú tā tā tū rán xiǎng dào zhè yì diǎn
声，我们就更容易制服他！”她突然想到这一点。

bù lóng sī jī de liǎn sè hǎo kàn le xiē xǔ tā shù qǐ dà mǔ zhǐ shuō
布龙斯基的脸色好看了些许。他竖起大拇指说：

hǎo zhǔ yi rán hòu tā xié dài yě méi jiě kāi cǎi zhe xié hòu bāng jiù bǎ tā
“好主意！”然后他鞋带也没解开，踩着鞋后帮就把他

de hēi sè yùn dòng xié cóng jiǎo shàng cèng le xià lái
的黑色运动鞋从脚上蹭了下来。

kǎ sī bā zhèng zài ào sī kǎ de fáng jiān mén kǒu děng tā men tā ruò yǒu suǒ
卡斯巴正在奥斯卡的房间门口等他们。他若有所

sī de dīng zhe mén shàng tiē zhe de kū lóu tóu
思地盯着门上贴着的骷髅头。

wǒ xiǎng zhī dào nà shàng miàn xiě de shì shén me tā duì lìng wài liǎng gè
“我想知道那上面写的是什么！”他对另外两个

tǔ fěi shuō
土匪说。

ào sī kǎ de fáng mén shàng dào chù
奥斯卡的房门上到处

tiē zhe gè zhǒng pái zi hé tiē zhǐ
贴着各种牌子和贴纸。

qǐng wù dǎ rǎo kǎ sī bā
“请勿打扰！”卡斯巴

niàn dào tā fèi le yì diǎnr jìn
念道。他费了一点儿劲

cái bǎ zhè jǐ gè zì niàn le chū lái yīn wèi tā cái kāi shǐ xué rèn zì wēi
才把这几个字念了出来，因为他才开始学认字。“危——
xiǎn dì dài xiǎo tǔ fěi de liǎn shàng yòu qǐ le hóng diǎnr měi
险——地——带。”小土匪的脸上又起了红点儿。每
dāng tā jī dòng hài pà huò wú yì zhōng chī le jiān guǒ shí tā jiù huì yǒu zhè
当他激动、害怕或无意中吃了坚果时，他就会有这
yàng de fǎn yìng
样的反应。

tǔ fěi dǎ shén me shí hòu qǐ kāi shǐ guān xīn yǒu méi yǒu qǐng wù dǎ rǎo de
“土匪打什么时候起开始关心有没有请勿打扰的
pái zi le bù lóng sī jī shuō dào tā bǎ mào
牌子了？”布龙斯基说道。他把帽
zi fú zhèng jiāng liǎng zhī gē bo suí yì de jiāo chā zài
子扶正，将两只胳膊随意地交叉在
xiōng qián
胸前。

wàng dá shēn shǒu gé zhe ràng rén cì nao de tóu tào
旺达伸手隔着让人刺挠的头套
zhuā le zhuā tóu
抓了抓头。

nǐ kě cóng lái
“你可从来
méi zài yì guo zhè
没在意过这

xiē pái zi a tā duì kǎ sī bā shuō
些牌子啊！”她对卡斯巴说。

nà shì yīn wèi wǒ yǐ qián bù shí zì kǎ sī bā biàn jiě dào
“那是因为我以前不识字！”卡斯巴辩解道。

bù lóng sī jī xiàn zài yě zài dīng zhe nà xiē zì kàn zhè xiē pái zi yǐ
布龙斯基现在也在盯着那些字看。这些牌子已
jīng guà zài ào sī kǎ de mén shàng hǎo jiǔ le tā yě bú què dìng tā men shì
经挂在奥斯卡的门上好久了，他也不确定它们是
fǒu yī rán yǒu xiào
否依然有效。

ér qiě kǎ sī bā hái shì bú tài kěn dìng tā men shì bú shì zhēn
“而且……”卡斯巴还是不太肯定他们是不是真
de néng duì nà xiē pái zi bù lǐ bù cǎi
的能对那些牌子不理不睬。

è wǒ de yì si shì tā yào shì shuō le qǐng ne zuò wéi zhèng
“呃，我的意思是，他要是……说了请呢？”作为证
jù tā bǎ guà zài mén bǎr shàng lái huí huàng you de pái zi niàn le yí biàn
据，他把挂在门把儿上来回晃悠的牌子念了一遍，
qǐng wù dǎ rǎo
“请——勿打扰！”

zhèng zài zhè shí mén tū rán kāi le ào sī kǎ chū xiàn zài tā men miàn
正在这时，门突然开了。奥斯卡出现在他们面
qián tā chuān zhe xù shān hé kuān sōng kù kù yāo dōu kuài diào dào xī gài
前。他穿着T恤衫和宽松裤，裤腰都快掉到膝盖

le bú yòng wān yāo bié rén jiù néng kàn dào tā de nèi kù tā de bó zi shàng guà
了，不用弯腰别人就能看到他的内裤。他的脖子上挂
zhe yí gè tè dà hào de ěr jī
着一个特大号的耳机。

āi zěn me yòu shì nǐ men ào sī kǎ shuō tā de shǒu shàng ná zhe
“哎，怎么又是你们！”奥斯卡说，他的手上拿着
yí gè yóu jì bān bān de kōng bǐ sà hé nǐ men shì bú shì chéng tiān chú le pā
一个油迹斑斑的空比萨盒，“你们是不是成天除了趴
zài wǒ mén kǒu jiù méi shì kě gàn ào sī kǎ bǎ bǐ sà hé luò zài mén biān de yì
在我门口就没事可干？”奥斯卡把比萨盒摞在门边的一
duī zá wù shàng
堆杂物上。

méi cuò zhè sān gè tǔ fěi jīn tiān dí què yǐ jīng lái guo yí cì le
没错，这三个土匪今天的确已经来过一次了。

jiù zài bú dào bàn xiǎo shí zhī qián tā men céng jīng lái wèn guo ào sī kǎ xiǎng
就在不到半小时之前，他们曾经来问过奥斯卡想
bù xiǎng jiā rù tā men de tǔ fěi tuán huǒ dāng shí ào sī kǎ zuò zài tā de dà
不想加入他们的土匪团伙。当时奥斯卡坐在他的大
zhuàn yǐ shàng gēn běn dōu méi cháo tā men zhuǎn guò shēn lái tā men qí shí bìng
转椅上，根本都没朝他们转过身来。他们其实并
méi jiàn dào ào sī kǎ běn rén zhǐ qiáo jiàn le yǐ bèi shàng fāng lòu chū lái de jǐ cù
没见到奥斯卡本人，只瞧见了椅背上方露出来的几簇
qiǎn jīn sè de fà shāo zhè jǐ cù fà shāo jiù xiàng tiān xiàn yí yàng suí zhe diàn
浅金色的发梢。这几簇发梢就像天线一样，随着电

脑游戏的节奏摇来晃去。

“你不能把游戏暂停一下，跟我们一起走吗？”卡斯巴向他提议道。

由于不确定奥斯卡有没有觉察到他们的到来，三个土匪就一直站在房间门口。

“呃……不行，”奥斯卡过了好一会儿才答道，“没法儿暂停。我要是不接着玩，我就输了！”

“你到底在玩什么呀？”卡斯巴继续问。

奥斯卡把耳机挪了挪，这下他们至少看见了他的一只耳朵。“我得设法穿过森林……那里面有好多障碍物什么的……我要是能打中一个蘑菇，就能得到额外加分。”

sān gè tǔ fěi diǎn dian tóu　tā men zhàn zài mén kǒu kàn zhe ào sī kǎ rú hé
三个土匪点点头。他们站在门口看着奥斯卡如何

cāo zòng tā de xiǎo rén chuān yuè yóu xì lǐ de sēn lín　guò le hǎo yí huìr cái
操纵他的小人穿越游戏里的森林，过了好一会儿才

zhuǎn shēn lí qù
转身离去。

dàn shì xiàn zài　tā men yòu lái le　zhè yí cì　tā men de dǎ suàn kě méi
但是现在，他们又来了。这一次，他们的打算可没

yǒu shàng cì nà me yǒu shàn le
有上次那么友善了。

dǎ jié　sān gè tǔ fěi yì qǐ hǎn dào
“打劫！”三个土匪一起喊道。

ào sī kǎ bǎ shuāng bì jiāo chā zài xiōng qián　ó　tā liě zuǐ yí xiào
奥斯卡把双臂交叉在胸前。“哦？”他咧嘴一笑，

dǎ jié
“打劫？”

sān gè tǔ fěi diǎn dian tóu
三个土匪点点头。

zhè yì zhāo nǐ kě méi xiǎng dào ba　bù lóng sī jī shuō dào
“这一招你可没想到吧！”布龙斯基说道。

ér qiě wǒ men jué bú huì kě lián nǐ　kǎ sī bā yì biān shuō　yì biān
“而且我们绝不会可怜你！”卡斯巴一边说，一边

huī wǔ zhe tā de yì bǎ zhǐ dāo
挥舞着他的一把纸刀。

jiē xià lái dà jiā yí tòng luàn hǎn shuí yě méi tīng qīng chu wàng dá shuō le shén me
接下来大家一通乱喊，谁也没听清楚旺达说了什么。

bǎ yóu xì jī jiāo chū lái bù lóng sī jī mìng lìng dào
“把游戏机交出来！”布龙斯基命令道。

hái yǒu nǐ de māo kǎ sī bā gēn zhe hǎn dào
“还有你的猫！”卡斯巴跟着喊道。

ào sī kǎ jīng yà de kàn zhe kǎ sī bā wèn nǐ zěn me zhī dào wǒ yǒu yì zhī māo
奥斯卡惊讶地看着卡斯巴问：“你怎么知道我有一只猫？”

nǐ hái zhēn yǒu yì zhī māo kǎ sī bā jī dòng de liǎn shàng yòu qǐ le xiǎo hóng diǎnr
“你还真有一只猫？”卡斯巴激动得脸上又起了小红点儿。

wǒ men zuó tiān cái bǎ tā jiē huí lái de ào sī kǎ jiě shì shuō tā hái shì gè xiǎo bǎo bao nǐ men xiǎng kàn kan tā ma
“我们昨天才把它接回来的，”奥斯卡解释说，“它还是个小宝宝。你们想看看它吗？”

xiǎng kǎ sī bā dà shēng dá dào
“想！”卡斯巴大声答道。

yú shì qí jì jiù zhè me fā shēng le ào sī kǎ ràng sān gè tǔ fěi zǒu
于是，奇迹就这么发生了，奥斯卡让三个土匪走

jìn le tā de fáng jiān yào zhī dào chú le sòng bǐ sà bǐng de xiǎo gē hái yǒu
进了他的房间。要知道，除了送比萨饼的小哥，还有
tā bà ba ǒu ěr néng jìn qù zhī wài hái cóng lái méi yǒu qí tā rén néng mài guò ào
他爸爸偶尔能进去之外，还从来没有其他人能迈过奥
sī kǎ de mén kǎn yí bù
斯卡的门槛一步。

bǎi zhe diàn nǎo de xiě zì tái xià miàn fàng zhe yí gè xiǎo lán zi
摆着电脑的写字台下面放着一个小篮子。

wā kǎ sī bā jiān jiào dào tā tài kě ài le
“哇！”卡斯巴尖叫道，“它太可爱了！”

nǐ yào shì yuàn yì de huà kě yǐ bào bao tā ào sī kǎ shuō
“你要是愿意的话，可以抱抱它！”奥斯卡说，
bú guò nǐ děi fēi cháng xiǎo xīn cái xíng
“不过你得非常小心才行。”

děng yi děng kǎ sī bā dá dào wǒ zuì hǎo hái shì zuò dào
“等一等！”卡斯巴答道，“我最好还是坐到
nā biān qù rán hòu nǐ zài bǎ tā dì gěi wǒ ba
那边去，然后你再把它递给我吧！”

kǎ sī bā yí pì gu zuò dào ào sī
卡斯巴一屁股坐到奥斯
kǎ de chuáng shàng tā shēn zhí le shuāng
卡的床上，他伸直了双
tuǐ mǎn huái qī dài de kàn zhe ào sī
腿，满怀期待地看着奥斯

kǎ ào sī kǎ xiān shì yáng le yí xià méi shāo rán hòu tā bǎ xiǎo māo cóng
卡。奥斯卡先是扬了一下眉梢，然后他把小猫从

lán zi lǐ ná chū lái qīng qīng de fǔ mō le yí xià zài bǎ tā xiǎo xīn yì
篮子里拿出来轻轻地抚摸了一下，再把它小心翼

yì de fàng dào kǎ sī bā de huái zhōng
翼地放到卡斯巴的怀中。

kǎ sī bā xiàng bèi shǎn diàn jī zhòng le yì bān tā hái cóng lái méi yǒu jiàn
卡斯巴像被闪电击中了一般。他还从来没有见
guo xiàng zhè zhī xiǎo māo zhè me kě ài de dōng xi xiǎo māo yòng jiān jiān de yá
过像这只小猫这么可爱的东西。小猫用尖尖的牙
chǐ kěn zhe tā de shǒu zhǐ tou dòu de tā gē gē zhí xiào yì diǎnr dōu bù
齿啃着他的手指头，逗得他咯咯直笑。“一点儿都不
téng kǎ sī bā xiào zhe shuō hái tǐng shū fu de ne tā duì zhè zhī
疼！”卡斯巴笑着说，“还挺舒服的呢！”他对这只
xiǎo māo shí zài shì ài bú shì shǒu
小猫实在是爱不释手。

tā tǐng xǐ huan nǐ de ào sī kǎ yě xiào zhe shuō
“它挺喜欢你的！”奥斯卡也笑着说。

bù lóng sī jī hé wàng dá dèng dà le yǎn jing zhàn zài yì biān yǎn bā bā
布龙斯基和旺达瞪大了眼睛站在一边，眼巴巴
de kàn zhe ào sī kǎ hé kǎ sī bā zài yì qǐ dòu xiǎo māo wán bìng bú shì zhè
地看着奥斯卡和卡斯巴在一起逗小猫玩。并不是这
liǎng gè gāo gèr tǔ fěi bù rú ǎi gèr tǔ fěi dǎn zi dà ér shì tā liǎ shuō
两个高个儿土匪不如矮个儿土匪胆子大，而是他俩说
shén me yě bù gǎn xiàng ǎi gèr tǔ fěi nà yàng lǐ suǒ dāng rán de gàn chū zhè
什么也不敢像矮个儿土匪那样理所当然地干出这
zhǒng shì lái tā men jué bú huì jiù zhè me yí pì gu zuò dào ào sī kǎ de chuáng
种事来：他们绝不会就这么一屁股坐到奥斯卡的床
shàng qù jǐn guǎn tā men yě hěn xiǎng mō yi mō nà zhī xiǎo māo
上去，尽管他们也很想摸一摸那只小猫。

tā jiǎn zhí tài tài kě ài la kǎ sī bā shuō dào
“它简直太……太可爱啦！”卡斯巴说道。

bù lóng sī jī hé wàng dá huǎn huǎn de kào jìn chuáng biān
布龙斯基和旺达缓缓地靠近床边。

tā men liǎng rén zài ào sī kǎ de chuáng tóu guì qián tíng xià jiǎo bù yóu yú yǒu diǎnr shǒu zú wú cuò bù zhī dào gāi gàn shá yú shì tā liǎ jiù jué dìng qiáo qiao zhèr yǒu méi yǒu shén me yǒu qù de dōng xi
他们两人在奥斯卡的床头柜前停下脚步。由于有点儿手足无措，不知道该干啥，于是他俩就决定瞧瞧这儿有没有什么有趣的东西。

wàng dá zhǐ zhe chuáng tóu guì shàng de róng yán dēng wèn wǒ men kě yǐ bǎ zhè ge dēng dǎ kāi ma
旺达指着床头柜上的熔岩灯问：“我们可以把这个灯打开吗？”

ào sī kǎ tái le yí xià tóu rán hòu lì kè yòu bǎ zhù yì lì fàng huí dào xiǎo māo shēn shàng
奥斯卡抬了一下头，然后立刻又把注意力放回到小猫身上。

guò huìr ba tā hán hu bù qīng de dá dào wǒ xiàn zài hái yào zài qù wán yì pán zhè jù huà de yì si jiù shì tàn shì shí jiān yǐ jié shù
“过会儿吧！”他含糊不清地答道，“我现在还要再去玩一盘！”这句话的意思就是探视时间已结束。

wǒ men xiàn zài jiù děi zǒu le kǎ sī bā shī wàng de wèn dào
“我们现在就得走了？”卡斯巴失望地问道。

ào sī kǎ diǎn dian tóu
奥斯卡点点头。

nà xiǎo māo ne wǒ men yě děi bǎ tā liú zài zhèr ma
“那小猫呢？我们也得把它留在这儿吗？”

ào sī kǎ yòu diǎn le diǎn tóu
奥斯卡又点了点头。

nà hǎo ba wǒ men děng nǐ dǎ wán yóu xì le zài lái bù lóng sī
“那好吧……我们等你打完游戏了再来？”布龙斯
jī shuō dào tā de kǒu qì qí shí gèng xiàng shì zài xún wèn bú guò dào shí
基说道，他的口气其实更像是在询问，“不过到时
hou wǒ men shì bú huì kě lián nǐ de
候……我们是不会可怜你的！”

hǎo hǎo hǎo wǒ yǐ jīng xià sǐ le ào sī kǎ yì biān huí dá yì biān
“好好好，我已经吓死了！”奥斯卡一边回答，一边
cháo fěng de piē le bù lóng sī jī yì yǎn
嘲讽地瞥了布龙斯基一眼。

xià yí kè sān gè tǔ fěi yòu zhàn zài le tiē mǎn le pái zi qiě qǐng wù dǎ rǎo
下一刻，三个土匪又站在了贴满了牌子且请勿打扰
de fáng mén qián
的房门前。

āi wàng dá xié yǎn qiáo le yí xià kōng dàng dàng de yòng lái zhuāng zhàn
“唉！”旺达斜眼瞧了一下空荡荡的用来装战
lì pǐn de huā bù dài zi hěn bù mǎn yì de kāi kǒu shuō dào wǒ men zhì shǎo
利品的花布袋子，很不满意地开口说道，“我们至少

yīng gāi yào gè dǐ yā pǐn a
应该要个抵押品啊！”

duì bù lóng sī jī yì biān shuō yì biān yòu qù qiāo mén
“对！”布龙斯基一边说，一边又去敲门。

yòu yào gàn má ào sī kǎ bǎ tóu tàn chū mén fèng wèn dào
“又要干吗？”奥斯卡把头探出门缝问道。

wǒ men yào gè dǐ yā pǐn wàng dá jiě shì shuō rán hòu nǐ cái néng
“我们要个抵押品！”旺达解释说，“然后你才能

jiē zhe wán
接着玩！”

ào sī kǎ fān le gè bái yǎn suí shǒu ná qǐ zá wù duī zuì shàng miàn de nà ge
奥斯卡翻了个白眼，随手拿起杂物堆最上面的那个

bǐ sà hé sāi jìn wàng dá de shǒu lǐ
比萨盒，塞进旺达的手里。

-3-

yóu chē
邮车

wàng dá bǎ ào sī kǎ gěi tā de bǐ sà hé sāi jìn zhàn lì pǐn dài bǐ
旺达把奥斯卡给她的比萨盒塞进战利品袋。比
zhè yóu hū hū de zhǐ hé zi gèng fēng hòu de zhàn lì pǐn dāng rán yǒu de shì
这油乎乎的纸盒子更丰厚的战利品当然有的是，
dàn xiàn zài kě bú shì bào yuan de shí hou
但现在可不是抱怨的时候。

yī lái ào sī kǎ kěn dìng bú huì zài wèi tā men kāi yí cì mén èr lái yuǎn
一来奥斯卡肯定不会再为他们开一次门，二来远
chù chuán lái lìng rén xīn xǐ de shēng yīn yào shi hé jīn shǔ pèng zhuàng shí fā
处传来令人欣喜的声音——钥匙和金属碰撞时发
chū de dīng dāng shēng sān gè tǔ fěi shù qǐ ěr duo liǎn shàng lù chū bì shèng
出的叮当声。三个土匪竖起耳朵，脸上露出必胜
de xiào róng rán hòu tā men gǎn jǐn sān bù bìng zuò liǎng bù de pǎo le xià qù
的笑容，然后他们赶紧三步并作两步地跑了下去。

bù yí huìr tā men jiù jié zhù le yóu chē
不一会儿他们就截住了邮车。

dǎ jié sān gè tǔ fěi yì biān hǎn yì biān jiāng zhèng zài yóu xiāng páng
“打劫！”三个土匪一边喊，一边将正在邮箱旁
máng lù de yóu dì yuán tuán tuán wéi zhù
忙碌的邮递员团团围住。

yō xīn lái de yóu dì yuán xiǎo shēng huí le yí jù tā jiào mǎ lián
“哟！”新来的邮递员小声回了一句。她叫玛莲
nà jīn tiān shì tā shàng bān de dì yī tiān tā huǎn le hǎo yí huìr cái gǎo
娜，今天是她上班的第一天。她缓了好一会儿才搞

míng bai zì jǐ de chǔ jìng
明白自己的处境。

nǐ men yào qiǎng wǒ de dōng xi tā dū nang dào zhēn shì de
“你们要抢我的东西？”她嘟囔道，“真是的！
wǒ méi lái shàng bān zhī qián zěn me méi rén gēn wǒ shuō guo huì pèng dào zhè zhǒng
我没来上班之前，怎么没人跟我说过会碰到这种
shì tā duō duō suō suō de bǎ shǒu jǔ le qǐ lái
事！”她哆哆嗦嗦地把手举了起来。

bǎ suǒ yǒu zhí qián de dōng xi dōu jiāo chū lái bù lóng sī jī mìng
“把所有值钱的东西都交出来！”布龙斯基命
lìng dào
令道。

mǎ lián nà bù yóu zì zhǔ de huàng le yí xià
玛莲娜不由自主地晃了一下。

hái yǒu nǐ shēn shàng suǒ yǒu de xiàn jīn wàng dá shuō quán dōu
“还有你身上所有的现金！”旺达说，“全都
fàng dào nà ge dài zi lǐ qù wàng dá chòng kǎ sī bā ná zhe de bù dài shì
放到那个袋子里去！”旺达冲卡斯巴拿着的布袋示
yì dào
意道。

hái yǒu míng xìn piàn kǎ sī bā bǔ chōng dào bú guò zhǐ yào yóu
“还有明信片！”卡斯巴补充道，“不过只要邮
piào hǎo kàn de
票好看的！”

zhēn shì bào qiàn a xīn yóu dì yuán jiē jiē bā bā de jiě shì zhe
“真是抱歉啊……”新邮递员结结巴巴地解释着，
wǒ shēn shàng méi dài xiàn jīn yóu jiàn wǒ gāng gāng yě dōu tóu jìn qù le mǎ
“我身上没带现金，邮件我刚刚也都投进去了！”玛
lián nà cháo yóu xiāng piē le yì yǎn
莲娜朝邮箱瞥了一眼。

zhè ge ne bù lóng sī jī zhǐ le zhǐ yóu dì yuán gāo jǔ de shǒu zhōng
“这个呢？”布龙斯基指了指邮递员高举的手中
ná zhe de bái sè xìn fēng
拿着的白色信封。

zhè ge a mǎ lián nà yòng kōng zhe de lìng yì zhī shǒu bǎ tóu shàng
“这个啊……”玛莲娜用空着的另一只手把头上
de mào zi wǎng hòu tuī le tuī tā náo le náo tóu shuō zhè ge wǒ kě bù
的帽子往后推了推，她挠了挠头说，“这个……我可不
néng gěi nǐ men
能给你们！”

ó bù lóng sī jī wèn wèi shá bù néng
“哦？”布龙斯基问，“为啥不能？”

kǎ sī bā cóng chā zài yāo dài lǐ de qī bǎ dāo zhōng chōu
卡斯巴从插在腰带里的七把刀中抽
chū yì bǎ lái wēi xié de huī le huī
出一把来，威胁地挥了挥。

zhè shì fēng guà hào xìn mǎ lián nà jiě shì shuō wǒ děi bǎ tā
“这是封挂号信！”玛莲娜解释说，“我得把它
jiāo gěi shōu jiàn rén běn rén cái xíng nán dào nǐ men xiǎng ràng wǒ cái ná dào gōng
交给收件人本人才行！难道你们想让我才拿到工
zuò jiù shī yè
作就失业？”

yuán lái rú cǐ bù lóng sī jī dá dào tā yǒu diǎnr bù zhī suǒ cuò
“原来如此。”布龙斯基答道。他有点儿不知所措
de wàng zhe nà ge gāo gāo zài shàng de xìn fēng
地望着那个高高在上的信封。

yǔ cǐ tóng shí wàng dá zhèng zài fān zhǎo yóu dì yuán de shǒu tuī chē
与此同时，旺达正在翻找邮递员的手推车。

zhè xiē ne zhè xiē huā li hú shào de zhǐ shì shén me dōng xi tā
“这些呢……这些花里胡哨的纸是什么东西？”她
zhǐ zhe tuī chē cè miàn gǔ gu nāng nāng de guà bāo wèn
指着推车侧面鼓鼓囊囊的挂包问。

zhè xiē shì mǎ lián nà tū rán zhǐ zhù le huà tóu yīn wèi kǎ sī bā
“这些是……”玛莲娜突然止住了话头，因为卡斯巴
yǐ jīng dǎ kāi le tā de zhàn lì pǐn dài ér bù lóng sī jī hé wàng dá zhèng zài dà
已经打开了他的战利品袋，而布龙斯基和旺达正在大
bǎ dà bǎ de wǎng lǐ tou sāi guǎng gào xuān chuán dān
把大把地往里头塞广告宣传单。

gòu le gòu le wàng dá guò le yí huìr shuō dào tā bǎ dài kǒu
“够了，够了！”旺达过了一会儿说道。她把袋口

dǎ le gè jié xuān bù chè tuì
打了个结，宣布撤退。

děng yí xià mǎ lián nà cháo tā men de bèi yǐng hǎn dào
“等一下！”玛莲娜朝他们的背影喊道。

sān gè tǔ fěi zhuǎn guò shēn
三个土匪转过身。

fàng dào mén diàn shàng tā jiě shì shuō měi gè mén diàn shàng dōu
“放到门垫上！”她解释说，“每个门垫上都

yào fàng yì zhāng guǎng gào xuān chuán dān
要放一张广告宣传单！”

zhī dào la wǒ men huì de kǎ sī bā dà shēng dá dào xià yí
“知道啦，我们会的！”卡斯巴大声答道。下一

kè sān gè tǔ fěi yǐ jīng xiāo shī zài sēn lín shēn chù le
刻，三个土匪已经消失在森林深处了。

-4-

bǎo shì jié hé tā de
保室洁和他的
qī gè yǐn xíng wài sheng
七个隐形外甥

bǎo shì jié
保室洁
qī gè yǐn xíng wài sheng
七个隐形外甥

三个土匪发完广告宣传单之后，他们的战利品袋又和之前一样轻了。不过里面至少还有个比萨盒呢！

“呸！什么破盒子！”卡斯巴嫌弃地说道。他突然发现当个土匪也没那么容易！他要是能当蜘蛛侠该多好！蜘蛛侠肯定不用去发广告宣传单。

“这个比萨盒也没那么糟啊！”布龙斯基试图让他振作起来，“你只要想想，我们能用它换来什么……”

卡斯巴差点儿把这茬给忘了。这个比萨盒可是奥斯卡给他们的抵押品啊！

yì xiǎng dào xiǎo māo yóu xì jī hé róng yán dēng kǎ sī bā jiù jué de dāng gè tǔ fěi yě hái shì tǐng bú cuò de

一想到小猫、游戏机和熔岩灯，卡斯巴就觉得当个土匪也还是挺不错的。

děng ào sī kǎ bǎ yóu xì dǎ wán tā jiù néng qù jiē xiǎo māo le xiǎng dào zhèr kǎ sī bā yòu gāo xìng le qǐ lái

等奥斯卡把游戏打完，他就能去接小猫了。想到这儿，卡斯巴又高兴了起来。

tā men jiàn jiàn de zài sēn lín lǐ yuè zǒu yuè yuǎn

他们渐渐地在森林里越走越远。

bù lóng sī jī hēng zhe yì zhī xiǎo diào ér kǎ sī bā zé kāi shǐ zuò cí

布龙斯基哼着一支小调，而卡斯巴则开始作词：

sēn lín lǐ yǒu sān gè tǔ fěi hēi lī hēi yō sān gè tǔ fěi

“森林里有三个土匪。嘿哩嘿哟三个土匪……

tā kāi xīn de dà shēng chàng zhe yǐ zhì yú shuí yě méi tīng dào wàng dá zài
他开心地大声唱着，以至于谁也没听到旺达在

bào yuàn shén me
抱怨什么。

měi guǎi yí gè wān kǎ sī bā de gē cí jiù duō le yí duàn tā cái bù guǎn
每拐一个弯，卡斯巴的歌词就多了一段。他才不管

yòng de cí hǎo bù hǎo zhǐ yào yā yùn jiù xíng
用的词好不好，只要押韵就行。

bǐ rú tā zhè me chàng dào qiǎng lái yí gè xí mèng sī sòng gěi wǒ de
比如他这么唱道："抢来一个席梦思，送给我的

xiǎo māo mī hēi lī yō hēi lī hā sān gè tǔ fěi jié chéng bāng xiǎng yào zěn yàng
小猫咪。嘿哩哟嘿哩哈，三个土匪结成帮，想要怎样

jiù zěn yàng
就怎样……"

yǔ tā qià qià xiāng fǎn wàng dá duì gē cí kě shì zài yì de hěn guāng yā
与他恰恰相反，旺达对歌词可是在意得很，光押

yùn yǒu shén me yòng kě lìng wài nà liǎng gè jiā huo gēn běn bù xiǎng tīng tā de yì
韵有什么用！可另外那两个家伙根本不想听她的意

jiàn zhè yì zhí ràng tā hěn nǎo huǒ
见，这一直让她很恼火。

tā men zǒu a zǒu chà diǎnr zài bǎo shì jié de tuō bǎ shàng bàn yì jiāo
他们走啊走，差点儿在保室洁的拖把上绊一跤。

sì zhōu jiù gēn fā le hóng shuǐ yì bān sān gè tǔ fěi gāng táo dào yí kuài mù fá
四周就跟发了洪水一般。三个土匪刚逃到一块木筏

shàng bǎo shì jié jiù jǐn gēn zhe yòu pō le yì pén shuǐ dì shàng liú mǎn le
上，保室洁就紧跟着又泼了一盆水。地上流满了

zōng hè sè de féi zào shuǐ shuí yào shì bǎ jiǎo zhǐ tou pào zài lǐ tou chāo guò sān
棕褐色的肥皂水，谁要是把脚指头泡在里头超过三

miǎo zhōng tā de zhěng gè jiǎo kěn dìng dōu huì làn diào
秒钟，他的整个脚肯定都会烂掉！

nǐ men jiù dāi zài nàr bié dòng zhí dào dì shàng quán dōu gān le wéi
“你们就待在那儿别动，直到地上全都干了为

zhǐ bǎo shì jié xiōng bā bā de duì tā men hǒu dào jiù yīn wèi tā men zǒu
止！”保室洁凶巴巴地对他们吼道，就因为他们走

guò le tā gāng gāng cā gān jìng de sēn lín dì bǎn xiàn zài wǒ yòu děi chóng
过了他刚刚擦干净的森林地板，“现在我又得重

cā yí biàn
擦一遍！”

tā men yǐ qián yě hé bǎo shì jié dǎ guo jiāo dao zhè yǐ jīng bú shì tā men dì
他们以前也和保室洁打过交道。这已经不是他们第

yī cì bèi tā xùn chì le
一次被他训斥了。

qí shí tā wán quán méi bì yào nà me jī dòng
其实他完全没必要那么激动。

tā bú shì yǒu qī gè yǐn xíng wài sheng bāng tā gàn huór ma
他不是有七个隐形外甥帮他干活儿嘛！

bǎo shì jié jì xù méi wán méi liǎo de láo dao zhe ér zhàn zài xiá zhǎi
保室洁继续没完没了地唠叨着，而站在狭窄

木筏上的土匪团伙却突然要面对一个更严重的问题。

“旺达！你要干吗？”布龙斯基努力让自己保持冷静。

“简单得很！”旺达答道，“我的意思就是，再这样下去我不干了！”

mù fá yáo huàng le qǐ lái tā shí zài shì xiǎo de nán yǐ róng xià zhè me
木筏摇晃了起来，它实在是小得难以容下这么

duō tǔ fěi suī shuō zhè bāng tǔ fěi yǎn kàn jiù yào sàn huǒ ér tā men
多土匪——虽说这帮土匪眼看就要散伙！而他们

hóng wěi de qiǎng jié jì huà dào xiàn zài hái méi zhèng shì kāi shǐ ne
宏伟的抢劫计划到现在还没正式开始呢！

sān gè tǔ fěi xiàn zài hái jǐn jǐn de bào zài yì qǐ miǎn de yǒu shuí
三个土匪现在还紧紧地抱在一起，免得有谁

zhuì rù shuǐ zhōng
坠入水中。

zhè yàng xià qù　bù lóng sī jī fǎn wèn dào　nǎ yàng xià qù
“这样下去？”布龙斯基反问道，“哪样下去？
wǒ men zhèng zài zhí xíng sēn lín zhōng yǒu shǐ yǐ lái zuì wěi dà de qiǎng jié jì
我们正在执行森林中有史以来最伟大的抢劫计
huà a
划啊！”

kǎ sī bā yì yán bù fā　rèn yóu nà liǎng gè gāo gè zi tǔ fěi zài tā tóu dǐng
卡斯巴一言不发，任由那两个高个子土匪在他头顶
shàng fāng zhēng chǎo　tā kāi shǐ kǎo lǜ dāng bié de jué sè le　yóu qí shì xiàn zài
上方争吵。他开始考虑当别的角色了。尤其是现在，
wàng dá xiǎn rán yě bù xiǎng dāng tǔ fěi le　tā de xiǎng fǎ nán dào yǒu cuò ma
旺达显然也不想当土匪了。她的想法难道有错吗？
tǔ fěi yǒu shén me hǎo　kǎ sī bā xīn xiǎng　tǔ fěi lián chāo néng lì dōu
“土匪有什么好，”卡斯巴心想，“土匪连超能力都
méi yǒu
没有！”

nǐ men zěn me jiù bù míng bai ne　wàng dá mán yuàn dào
“你们怎么就不明白呢？”旺达埋怨道。

nǐ men lǎo shì shuō sān gè kě pà de tǔ fěi　huò zhě hēi lī hēi yō
“你们老是说三个可怕的土匪！或者嘿哩嘿哟
sān gè tǔ fěi　wàng dá shuō　nán dào nǐ men jiù bù jué de zhè
三个土匪……”旺达说，“难道你们就不觉得这

ge míng chēng tài tǔ qì tài dī jí le ma
个名称太土气、太低级了吗？”

tīng dào zhè huà dà jiā dōu bú zuò shēng le
听到这话，大家都不作声了。

guò le yí huìr bù lóng sī jī biǎo shì tóng yì nǐ shuō de yě
过了一会儿，布龙斯基表示同意：“你说得也

duì tā tū rán dèng yuán le yǎn jing liǎng yǎn shǎn shǎn fā guāng měi dāng tā
对。”他突然瞪圆了眼睛，两眼闪闪发光。每当他

xiǎng chū yí gè tè bié bàng de zhǔ yi shí tā jiù huì xīng fèn chéng zhè ge yàng zi
想出一个特别棒的主意时，他就会兴奋成这个样子。

nà wǒ men yǐ hòu jiù jiào sān gè kě pà de lù lín dà dào ba
“那我们以后就叫三个可怕的绿林大盗吧！”

huò zhě sān gè kě pà de zhī zhū xiá kǎ sī bā xì shēng xì qì
“或者三个可怕的蜘蛛侠？”卡斯巴细声细气

de shuō dào bú guò zhè yí cì méi rén tīng jiàn tā shuō de huà
地说道。不过这一次没人听见他说的话。

qiáng dào tīng qǐ lái bú shì bǐ tǔ fěi gèng bà qì gèng lì hai ma wǒ men
“强盗听起来不是比土匪更霸气、更厉害嘛！我们

jiù shì sān gè lù lín dà dào bù lóng sī jī jiě shì shuō tā yòu yí zì yí dùn
就是三个绿林大盗！”布龙斯基解释说，他又一字一顿

de màn màn de chóng fù le yí biàn lù lín dà dào
地慢慢地重复了一遍，“绿——林——大——盗！”

“呃，那倒是……”卡斯巴说，“可是为啥不叫蜘蛛侠呢？”

“蜘蛛侠？”布龙斯基一边问，一边低头看着卡斯巴，“有哪个蜘蛛侠随身带着七把刀和战利品袋？”他朝卡斯巴的花被套瞥了一眼，那里面还是只有一个孤零零、油乎乎的方比萨盒。

“那倒也是！”卡斯巴赞同地说，“你说得也有理！”

“三个绿林大盗……”旺达一边大声念叨着，一边在心里琢磨，“嗯，这个名字好听多了！”

说完这句话后，她的脸上露出了笑容。

-5-

shǔ piàn xiè
薯片屑

薯片
可乐
可乐
薯片

yǔ cǐ tóng shí bǎo shì jié zǎo jiù yì biān tuō zhe dì yì biān zǒu de lǎo
与此同时，保室洁早就一边拖着地，一边走得老

yuǎn le zhì yú tā de qī gè yǐn xíng wài sheng xiàn zài zài shén me dì fang zhè
远了。至于他的七个隐形外甥现在在什么地方，这

jiù hěn nán shuō le
就很难说了。

sēn lín de dì miàn jiù xiàng hǎi mián yí yàng bǎ hóng shuǐ xī de yì gān èr
森林的地面就像海绵一样把洪水吸得一干二

jìng ér nà sān gè kě pà de lù lín dà dào què réng rán huàng huàng yōu yōu de
净，而那三个可怕的绿林大盗却仍然晃晃悠悠地

zhàn zài nà kuài bǐ cā wǎn bù dà bù liǎo duō shǎo de xiǎo mù fá shàng
站在那块比擦碗布大不了多少的小木筏上。

dāng wàng dá zhōng yú xuān bù gān le de shí hou tā mén jué de jiù hǎo
当旺达终于宣布“干了”的时候，他们觉得就好

xiàng guò le yí gè shì jì yí yàng
像过了一个世纪一样。

nà hòu miàn hái yǒu yì xiǎo tān shuǐ kǎ sī bā tí xǐng dà jiā shuō
“那后面还有一小摊水！”卡斯巴提醒大家说。

hng bù lóng sī jī wú suǒ wèi jù de hǎn dào yì tān zāng
“哼！”布龙斯基无所畏惧地喊道，“一摊脏

shuǐ yǒu shén me kě pà de bì yào de huà wǒ néng yòng xī guǎn bǎ tā
水有什么可怕的？必要的话，我能用吸管把它

gěi xī de yì gān èr jìng
给吸得一干二净！”

kě shì zài sēn lín lǐ jì zhǎo bú dào xī guǎn yě méi rén zàn tóng tā de
可是在森林里既找不到吸管，也没人赞同他的
yì jiàn
意见。

zhè ge shí hou tā men sān rén zhèng hǎo lái dào shǔ piàn xiè de wū zi páng
这个时候，他们三人正好来到薯片屑的屋子旁
biān zhuāng mǎn zhàn lì pǐn dài de shí kè zhōng yú lái dào le
边。装满战利品袋的时刻终于来到了！

sān gè lù lín dà dào zǒu shàng qián qù qiāo shǔ piàn xiè de mén
三个绿林大盗走上前去敲薯片屑的门。

shì wǒ mén lù lín dà è wǒ shì shuō shì wǒ dān chē kuài
“是我们，绿林大……呃，我是说……是我，单车快
dì yuán bù lóng sī jī yì biān dà shēng shuō yì biān cháo wàng dá hé kǎ sī
递员！”布龙斯基一边大声说，一边朝旺达和卡斯
bā tiáo pí de jǐ le jǐ yǎn jing wǒ men wǒ men yǒu yí gè gěi nǐ de jí
巴调皮地挤了挤眼睛，“我们……我们有一个给你的急
jiàn bù néng zài děng la
件，不能再等啦！”

shì shǔ piàn dàn gāo yo wàng dá bǔ chōng dào
“是薯片蛋糕哟！”旺达补充道。

zhè shì kǎi lì yí mā sòng gěi nǐ de lǐ wù
“这是凯莉姨妈送给你的礼物！”

zài qiáng qǔ háo duó de qíng xù gǎn rǎn zhī xià lù lín dà dào men rěn
在强取豪夺的情绪感染之下，绿林大盗们忍

不住放肆地大笑起来。不过他们尽量笑得不那么响，免得引起薯片屑的怀疑。布龙斯基露出满意的笑容，这世上没有什么能比患难与共、团结一致的强盗团伙更让他欣慰的了。

布龙斯基光顾着高兴，竟然没有发现薯片屑早就站在了他们的面前。他用怀疑的目光看着他们，然后伸手从络腮胡须里拣出几粒薯片屑塞进嘴里。“哼！”他咕哝了一声。薯片屑似乎不太相信关于单车快递员和薯片蛋糕的事情。

何况他根本没有一个叫凯莉的姨妈。

旺达和卡斯巴则趁机从薯片屑叉开的双腿间溜进了幽暗的屋内。薯片屑一天到晚都在修理电子

fèi pǐn tā bǎ bǎo bèi cáng zài nà duī pò lànr zhōng de shén me dì fang lǜ
废品，他把宝贝藏在那堆破烂儿中的什么地方，绿

lín dà dào men kě shì zhī dào de yì qīng èr chǔ
林大盗们可是知道得一清二楚。

nǐ rú guǒ zhēn shì dān chē kuài dì yuán de huà shǔ piàn xiè duì bù
“你如果真是单车快递员的话……”薯片屑对布

lóng sī jī shuō dào nǐ de zì xíng chē zài nǎr ne tā de shēng yīn dī
龙斯基说道，“你的自行车在哪儿呢？”他的声音低

chén wèng shēng wèng qì de tīng qǐ lái jiù xiàng yí gè rén zài duì zhe kōng de shǔ
沉，瓮声瓮气的，听起来就像一个人在对着空的薯

piàn guàn dǎ gé yí yàng
片罐打嗝一样。

bù lóng sī jī xùn sù de zài xīn zhōng gū suàn le yí xià, wàng dá hé kǎ
布龙斯基迅速地在心中估算了一下，旺达和卡
sī bā dà gài xū yào duō cháng shí jiān cái néng bǎ bǎo bèi sōu luó dào zhàn lì pǐn
斯巴大概需要多长时间才能把宝贝搜罗到战利品
dài lǐ. shǔ piàn xiè de yù gāng lǐ zhǔn bǎo zhuāng mǎn le kě lè, ér tā de
袋里。薯片屑的浴缸里准保装满了可乐，而他的
zhěn tou lǐ kěn dìng quán shì shǔ piàn
枕头里肯定全是薯片。

wàng dá hé kǎ sī bā yào shi cōng míng diǎnr de huà, tā liǎ huì fēn tóu
旺达和卡斯巴要是聪明点儿的话，他俩会分头
xíng dòng, yí gè qù yù shì, lìng yí gè qù wò shì; ér tā men liǎng rén
行动，一个去浴室，另一个去卧室；而他们两人
jué duì bú shì shǎ guā
绝对不是傻瓜！

jǐn guǎn rú cǐ, bù lóng sī jī hái shì děi wèi tā men duō
尽管如此，布龙斯基还是得为他们多
zhēng qǔ yì diǎnr shí jiān cái hǎo, kě qiān wàn bié ràng qíng
争取一点儿时间才好，可千万别让情
xù duō biàn de shǔ piàn xiè tū rán zài tā bí zi gēn qián bǎ
绪多变的薯片屑突然在他鼻子跟前把

mén gěi guān shàng le nà yàng de huà wàng dá hé kǎ sī bā kě jiù bèi guān
门给关上了。那样的话，旺达和卡斯巴可就被关

zài zhè ge àn wú tiān rì què fá xīn xiān kōng qì de guǐ dì fang le bù xíng
在这个暗无天日、缺乏新鲜空气的鬼地方了。不行，

shuō shén me yě bù néng ràng zhè zhǒng qíng kuàng fā shēng
说什么也不能让这种情况发生！

ò nǐ wèn wǒ de zì xíng chē a bù lóng sī jī kāi kǒu
“哦，你问……我的自行车啊……”布龙斯基开口

dá dào tā měi shuō jǐ gè zì jiù tíng dùn yí xià ér qiě bǎ měi gè yīn dōu jǐn
答道。他每说几个字就停顿一下，而且把每个音都尽

liàng lā cháng ǹg wǒ de chē è shǔ piàn xiè wǒ xiǎng nǐ xiàn
量拉长。“嗯，我的车……呃，薯片屑，我想，你现

zài yǒu kòng ba yīn wèi zhè huà shuō qǐ lái kě jiù cháng le
在有空吧……因为这话说起来可就长了……”

zhèng zài zhè shí tū rán cóng fù jìn de shén me dì fang
正在这时，突然从附近的什么地方

chuán lái yì dī shuǐ jiàn dào shuǐ tǒng lǐ de
传来一滴水溅到水桶里的

shēng yīn zhì shǎo tīng qǐ lái shì zhè
声音，至少听起来是这

yàng shǔ piàn xiè yě tīng jiàn le tā
样。薯片屑也听见了。他

zhèng le yí xià rán hòu cóng kù dōu lǐ tāo chū shǒu jī ruò yǒu suǒ sī de dī xià
怔了一下，然后从裤兜里掏出手机，若有所思地低下

tóu dú qǐ duǎn xìn lái tā dú zhe dú zhe bù jīn quán shēn kāi shǐ chàn dǒu
头读起短信来。他读着读着，不禁全身开始颤抖。

yí dìng shì fā shēng le shén me bù kě sī yì de shì qing shǔ piàn xiè tái tóu
一定是发生了什么不可思议的事情！薯片屑抬头

kàn zhe bù lóng sī jī shuō wǒ zhè yí bèi zi hái cóng lái méi rén jì de guo
看着布龙斯基说：“我这一辈子，还从来没人记得过

wǒ de shēng rì
我的生日……”

tā yòu kàn le kàn shǒu jī shàng de xìn xi yì dī yǎn lèi cóng shǔ piàn
他又看了看手机上的信息，一滴眼泪从薯片

xiè de liǎn shàng qīng qīng
屑的脸上轻轻

de dī luò zài shǒu jī píng
地滴落在手机屏

mù shàng
幕上。

jīn tiān shì shǔ piàn xiè
今天是薯片屑

de shēng rì tīng dào zhè
的生日？听到这

ge xiāo xi bù lóng sī
个消息，布龙斯

jī xiàng bèi shǎn diàn jī zhòng le yì bān shǔ piàn xiè jīn tiān guò shēng rì ér tā
基像被闪电击中了一般。薯片屑今天过生日，而他

men piān piān yòng yí gè dàn gāo bǎ tā yǐn chū le jiā mén jiào tā xiàn zài shàng nǎr
们偏偏用一个蛋糕把他引出了家门！叫他现在上哪

qù nòng gè zhēn de dàn gāo lái
儿去弄个真的蛋糕来？

bù lóng sī jī kàn zhe shǔ piàn xiè zhǐ jiàn tā yí biàn yòu yí biàn de ná qǐ
布龙斯基看着薯片屑，只见他一遍又一遍地拿起

shǒu jī zhǐ wèi le què bǎo zì jǐ bìng bú shì zài zuò mèng
手机，只为了确保自己并不是在做梦。

kě shì tā de liǎn shàng bìng méi yǒu xiǎn lù chū zhēn xīn de kuài lè shì
可是他的脸上并没有显露出真心的快乐。事

shí shàng shǔ piàn xiè hái shì yǒu diǎnr bù xiāng xìn tā zěn me cái néng què
实上，薯片屑还是有点儿不相信。他怎么才能确

dìng fā shēng rì zhù fú duǎn xìn de rén bú shì zài gēn tā nào zhe wán nán
定发生日祝福短信的人不是在跟他闹着玩？难

dào zhè ge rén bù yīng gāi xiě shàng zì jǐ de zhēn shí xìng míng ma ér bù shì
道这个人不应该写上自己的真实姓名吗？而不是

hé
××××××和×？

shǔ piàn xiè bǎ shǒu jī dì gěi bù lóng sī jī kuài dì yuán tā shuō
薯片屑把手机递给布龙斯基。“快递员！”他说

dào nǐ qù de dì fang duō kěn dìng jiàn duō shí guǎng nǐ jué de ne bù
道，“你去的地方多，肯定见多识广！你觉得呢？”布

世界上最可爱的淘气包

lóng sī jī jiē guo shǒu jī kàn le xià qiān míng shì qī gè de duǎn xìn
龙斯基接过手机，看了下签名是七个×的短信。

zhè shì zhēn de ma shǔ piàn xiè xiàn zài jī hū jiān xìn shì yǒu rén zài hé
“这是真的吗？”薯片屑现在几乎坚信是有人在和
tā kāi wán xiào le bù lóng sī jī sǒng le sǒng jiān tā bù yóu zì zhǔ de yòu xiǎng
他开玩笑了。布龙斯基耸了耸肩。他不由自主地又想
qǐ le nà ge tā jiǎ zhuāng sòng guò lái de shǔ piàn dàn gāo tā zhēn xīn xī wàng shǔ
起了那个他假装送过来的薯片蛋糕。他真心希望薯
piàn xiè zǎo bǎ zhè chá gěi wàng le
片屑早把这茬给忘了。

zhè shì biàn de yuè lái yuè má fan le wàng dá hé kǎ sī bā zěn me hái bù
这事变得越来越麻烦了。旺达和卡斯巴怎么还不
chū lái
出来？

wèi le zhuǎn yí shǔ piàn xiè de zhù yì lì bù lóng sī jī wèn tā yào le diàn
为了转移薯片屑的注意力，布龙斯基问他要了电
huà hào mǎ bìng cún zài zì jǐ de shǒu jī shàng wǒ kàn kan néng xiǎng gè shén me
话号码并存在自己的手机上。“我看看能想个什么
bàn fǎ chá yi chá tā mó léng liǎng kě de dū nang dào
办法查一查……”他模棱两可地嘟囔道。

lìng wài liǎng gè qiáng dào zhōng yú dài zhe zhàn lì pǐn cóng wū zi lǐ chōng le
另外两个强盗终于带着战利品从屋子里冲了
chū lái
出来。

kuài kuài pǎo wàng dá xiǎo shēng shuō
“快，快跑！”旺达小声说。

wǒ děi zǒu le bù lóng sī jī duì shǔ piàn xiè shuō dào tā zhuǎn guò
“我得走了……”布龙斯基对薯片屑说道。他转过
shēn zhuī zhe lìng wài liǎng gè qiáng dào yì liū yān de pǎo le
身，追着另外两个强盗一溜烟地跑了。

bǎo shì jié de nà qī gè wài sheng huì bú huì yòng shǒu jī shǔ piàn xiè shōu dào
保室洁的那七个外甥会不会用手机？薯片屑收到
de shēng rì zhù fú duǎn xìn shì bú shì tā men fā de
的生日祝福短信是不是他们发的？

-6-

kǎ sī bā
卡斯巴

qī bǎ kànshàng qù gēn
七把看上去跟
zhēn de yí yàng de dāo
真的一样的刀!

世界上最可爱的淘气包

sān gè qiáng dào zài lín zhōng pǎo a pǎo zhí dào páo bú dòng le cái tíng
三个强盗在林中跑啊跑，直到跑不动了才停
xià jiǎo bù bù lóng sī jī pǎo de chà le qì ér wàng dá zé tū rán xiǎng qǐ
下脚步。布龙斯基跑得岔了气，而旺达则突然想起
lái yí gè lìng rén wén fēng sàng dǎn de qiáng dào tuán huǒ zěn me néng bèi xià de
来，一个令人闻风丧胆的强盗团伙怎么能被吓得
bào tóu shǔ cuàn ne
抱头鼠窜呢！

yào pà yě děi shì sēn lín lǐ de lǎo bǎi xìng dǎn zhàn xīn jīng cái duì
要怕也得是森林里的老百姓胆战心惊才对
a bì jìng yǒu sān gè háo wú lián mǐn zhī xīn de lù lín dà dào zài zhè lǐ
啊！毕竟有三个毫无怜悯之心的绿林大盗在这里
hú zuò fēi wéi tā men shì rú cǐ lěng kù wú qíng jiù lián yí gè wú gū
胡作非为。他们是如此冷酷无情，就连一个无辜
zhě tún de shǔ piàn dōu bú fàng guò
者囤的薯片都不放过！

bú guò zhè huà xiàn zài bù néng shuō de tài dà shēng yīn wèi sān gè qiáng dào
不过这话现在不能说得太大声。因为三个强盗
zhōng zhèng yǒu yí gè zài zāo shòu liáng xīn de qiǎn zé tā zhī dào yǒu gè wú gū de
中正有一个在遭受良心的谴责，他知道有个无辜的
rén zài shēng rì zhè tiān chī bú dào shǔ piàn le yòu huò zhě tā shì yīn wèi chà qì cái
人在生日这天吃不到薯片了。又或者他是因为岔气才
gǎn dào bù shū fu
感到不舒服？

等强盗们终于平静下来，又能正常呼吸之后，他们一个跟着一个继续走在越来越茂密的森林中。这三个绿林大盗可是天不怕地不怕，就连这个暗无天日、时不时发出奇怪的咔哧咔哧声的森林也不会让他们感到恐惧。

但是走在最前面的旺达最终还是停下了脚步。她转过身。

“怎么回事，”她说道，“什么东西一直在这儿咔哧咔哧地响？就好像有人在跟踪我们似的。”

布龙斯基也转过身去。走在最后的卡斯巴瞪大了眼睛看着他们俩。他的脸涨得通红。

“卡斯巴？”旺达关心地问道，“你怎么了？”

kǎ sī bā diǎn dian tóu méi yī zhèng tā shuō huà de
卡斯巴点点头。“没……一……正……”他说话的
shí hou zuǐ dōu zhāng bù kāi le yīn cǐ shuí yě méi tīng míng bai tā zài shuō shén me
时候嘴都张不开了，因此谁也没听明白他在说什么。

kǎ sī bā wàng dá yì biān shuō yì biān ān wèi de bǎ shǒu dā zài kǎ
“卡斯巴，”旺达一边说，一边安慰地把手搭在卡
sī bā de jiān shàng nǐ bú yòng hài pà de
斯巴的肩上，“你不用害怕的！”

kǎ sī bā yòu diǎn le diǎn tóu
卡斯巴又点了点头。

zán men jì xù qù dǎ jié ba bù lóng sī jī hǎn dào zhàn lì pǐn
“咱们继续去打劫吧！”布龙斯基喊道，“战利品
dài hái méi zhuāng mǎn ne
袋还没装满呢！”

sān rén de mù guāng dōu luò zài kǎ sī bā jiān tóu de bèi tào shàng bù lóng sī
三人的目光都落在卡斯巴肩头的被套上。布龙斯
jī cóng tā de jiǎo dù yì yǎn kàn chū bù dài lǐ de zhàn lì pǐn yǒu diǎnr bú
基从他的角度一眼看出布袋里的战利品有点儿不
duì jìn kǎ sī bā de liǎn dàn yǐ jīng hóng de xiàng ǒu ěr zài shù cóng hòu miàn
对劲。卡斯巴的脸蛋已经红得像偶尔在树丛后面
yì yì fàng guāng de xī yáng lìng wài shǔ piàn de suì xiè yě zài bú duàn de cóng
熠熠放光的夕阳。另外薯片的碎屑也在不断地从
tā de zuǐ ba lǐ wǎng wài diào bù lóng sī jī hé wàng dá mù dèng kǒu dāi de
他的嘴巴里往外掉。布龙斯基和旺达目瞪口呆地

盯着卡斯巴。

“卡斯巴……”布龙斯基开口说，“你是不是把我们的战利品给吃了？”

“也没想着分点儿给我们？”旺达气呼呼地责问道。

“不是这样的！”卡斯巴大声喊道，满满一口碎薯片同时从他的嘴里喷了出来，“我没吃！真的！”

旺达和布龙斯基各自扬了扬眉梢。

“呃，我是说……”卡斯巴结结巴巴地解释着，“就尝了……我就尝了一点点而已。”

“把袋子给我看看！”布龙斯基说。卡斯巴低垂着脑袋把被套递给他。

bù lóng sī jī jiē guò bù
布龙斯基接过布

dài dào guò lái dǒu le dǒu
袋，倒过来抖了抖。

wéi yī de yí lì suì xiè
唯一的一粒碎屑

gū líng líng de piāo luò dào sēn
孤零零地飘落到森

lín de dì miàn shàng
林的地面上。

shǔ piàn de bāo zhuāng dài
薯片的包装袋

lǐ hé zhàn lì pǐn dài lǐ yí yàng kōng kōng rú yě rú guǒ bù bǎ nà ge yóu hū
里和战利品袋里一样空空如也，如果不把那个油乎

hū de bǐ sà hé suàn zài nèi de huà
乎的比萨盒算在内的话。

wǒ jiù zhuā le jǐ bǎ ér yǐ kǎ sī bā lǎo shi jiāo dài shuō wǒ
“我就抓了几把而已，”卡斯巴老实交代说，“我

zhēn de méi xiǎng bǎ tā men quán dōu chī guāng
真的没想把它们全都吃光！”

tā bǎ huà yì shuō wán jiù měng de pū dǎo zài dì shàng duì zhe sōng ruǎn de
他把话一说完就猛地扑倒在地上，对着松软的

tái xiǎn dà kū qǐ lái wū wū wū
苔藓大哭起来。呜呜呜……

zhè shì shàng shuí dōu
这世上谁都

zhī dào zhēn zhèng de qiáng
知道，真正的强

dào bú pà kàn jiàn xuè liú
盗不怕看见血流

chéng hé yě bú pà kàn
成河，也不怕看

jiàn qí tā rèn hé kǒng bù de
见其他任何恐怖的

dōng xi tā men wéi dú jiàn bu de bié de qiáng dào dà kū bù lóng sī jī hé wàng
东西。他们唯独见不得别的强盗大哭。布龙斯基和旺

dá zài kǎ sī bā shēn biān de tái xiǎn shàng dūn xià shēn lái
达在卡斯巴身边的苔藓上蹲下身来。

zhēn de duì bu qǐ kǎ sī bā kū zhe shuō
“真的对不起！”卡斯巴哭着说。

wǒ men zhī dào bù lóng sī jī wēn róu de dá dào nǐ bú yào
“我们知道！”布龙斯基温柔地答道，“你不要

kū ya
哭呀！”

jiù shì wàng dá duì bù lóng sī jī de huà biǎo shì zàn tóng ér qiě
“就是！”旺达对布龙斯基的话表示赞同，“而且

nǐ yòu bú shì gù yì de
你又不是故意的。”

“那些薯片太好吃了，”卡斯巴抽泣着说，“我吃着吃着就停不下来了！”

“这个我们也知道！”布龙斯基说，“强盗都喜欢盛宴！”

“没错！”旺达说，“而且我跟你说实话吧！”

卡斯巴抬起头。布龙斯基把自己的袖子递给他当纸巾用。“什么呀？”卡斯巴一边小声地问，一边对着袖子擤鼻涕。

“那些薯片本来就是留给你的！”

“对！”布龙斯基也说，他其实在心中暗暗松了一口气。他反正也咽不下去那些让他良心不安的生日薯片。他安慰地捅了捅卡斯巴说：“因为我

men zhī dào nǐ yǒu duō xǐ huan chī shǔ piàn
们知道你有多喜欢吃薯片！”

zhēn de ma kǎ sī bā hái shì yǒu diǎnr bú tài xiāng xìn tā men shuō
“真的吗？”卡斯巴还是有点儿不太相信他们说

de huà nǐ men bú shì jiù zhè me shuō shuo ér yǐ
的话，“你们不是就这么说说而已？”

wàng dá hé bù lóng sī jī shǐ jìn de yáo le yáo tóu
旺达和布龙斯基使劲地摇了摇头。

qiáng dào kě cóng lái bù shuō jiǎ huà yīn wèi tā men bú pà shuō
“强盗可从来不说假话，因为他们不怕说

zhēn huà
真话！”

què shí rú cǐ ér qiě yí gè zhēn zhèng de qiáng dào tuán huǒ jué bú huì yīn wèi
确实如此！而且一个真正的强盗团伙绝不会因为

jǐ piàn pò shǔ piàn ér bǐ cǐ nào fān liǎn
几片破薯片而彼此闹翻脸。

nà qī gè yǐn xíng wài sheng kěn dìng yě huì zhè me rèn wéi bú guò
那七个隐形外甥肯定也会这么认为。不过

yóu yú wǒ men hěn nán què dìng tā men zài nǎr
由于我们很难确定他们在哪

suǒ yǐ yě jiù méi fǎ qù xún wèn tā men
儿，所以也就没法去询问他们

de yì jiàn le
的意见了。

-7-

ài dí tè
艾迪特

ài dí tè
艾迪特

强盗们无须商讨就一致确定了下一个目标：艾迪特。抢劫这位太太对他们来说实在太简单不过了。因为艾迪特的门从来不锁，谁都可以自由进出。就连三个可怕的绿林大盗也不例外。

卡斯巴、旺达和布龙斯基就这么大摇大摆地走进了艾迪特的家里，看见啥就拿走啥。于是，不到一分钟，绿林大盗已经将以下物品收入了囊中：一把花伞、一盒印有圣诞图案的餐巾纸、一个装糖精的塑料盒、一把马桶刷和艾迪特的小乌龟齐利。

“齐利？”卡斯巴问，“我们要齐利干什么用？”

“做乌龟汤啊！”布龙斯基随口答道。

jīng è le piàn kè zhī hòu bù lóng sī jī wàng dá hé kǎ sī bā sì yì de
惊愕了片刻之后，布龙斯基、旺达和卡斯巴肆意地
dà xiào qǐ lái zhè sān gè lù lín dà dào zhēn shì tài cán rěn le tā men háo bù
大笑起来。这三个绿林大盗真是太残忍了！他们毫不
huái yí zì jǐ zǎo yǐ chòu míng zhāo zhù míng yáng sēn lín
怀疑自己早已臭名昭著，名扬森林。

kǎ sī bā pá dào chú fáng de cān guì shàng xiǎng gěi qí lì zhāi jǐ piàn
卡斯巴爬到厨房的餐柜上，想给齐利摘几片
shēng cài yè zi tā pèng qiǎo kàn dào le ài dí tè de zhù tīng qì yú shì shùn
生菜叶子。他碰巧看到了艾迪特的助听器，于是顺
shǒu bǎ tā cáng zài le kā fēi guàn zhōng méi yǒu le zhù tīng qì zuò zài yáo yǐ
手把它藏在了咖啡罐中。没有了助听器，坐在摇椅
shàng de ài dí tè jiù bú huì nà me kuài fā xiàn tā bèi qiǎng le qǐ mǎ kǎ sī
上的艾迪特就不会那么快发现她被抢了。起码卡斯
bā shì zhè me pán suan de
巴是这么盘算的。

zhèng dāng qiáng dào men zhǔn bèi
正当强盗们准备
chè tuì shí fáng jiān lǐ tū rán àn le
撤退时，房间里突然暗了
xià lái yí gè gāo dà qiě yǒu huā
下来。一个高大且有花

wén de shēn yǐng dǎng zài le mén kǒu
纹的身影挡在了门口。

zāo le kǎ sī bā qīng qīng dí gu le yì shēng tā duǒ dào wàng dá hé
“糟了！”卡斯巴轻轻嘀咕了一声。他躲到旺达和
bù lóng sī jī de bèi hòu
布龙斯基的背后。

lù lín dà dào men bǐng zhù hū xī
绿林大盗们屏住呼吸。

dāng tā men tīng dào ài dí tè fàng le sān shēng xiǎng pì hòu tuǐ dōu chà
当他们听到艾迪特放了三声响屁后，腿都差
diǎnr ruǎn le
点儿软了。

tā men bìng bú shì duì fàng pì yǒu shén me yì jiàn qià qià xiāng fǎn zhè
他们并不是对放屁有什么意见！恰恰相反，这
sān gè lù lín dà dào kě shì xiǎng shén me shí hou fàng pì jiù shén me shí hou fàng
三个绿林大盗可是想什么时候放屁就什么时候放
pì xiǎng shén me shí hou dǎ bǎo gé jiù shén me shí hou dǎ bǎo gé
屁，想什么时候打饱嗝就什么时候打饱嗝。

dàn shì tā men zhī dào ài dí tè shì duō me zhòng shì liáng hǎo de xíng wéi jǔ
但是他们知道艾迪特是多么重视良好的行为举
zhǐ tā men hěn qīng chu yí dàn ài dí tè dé zhī tā men tīng jiàn tā fàng pì le
止。他们很清楚，一旦艾迪特得知他们听见她放屁了，

tā kěn dìng huì gān gà sǐ le wàng dá bù lóng sī jī hé kǎ sī bā jǐn zhāng de
她肯定会尴尬死了。旺达、布龙斯基和卡斯巴紧张地

kàn zhe ài dí tè
看着艾迪特。

yō qiáo qiao shuí lái le ài dí tè xīng fèn de pāi le pāi shǒu
“哟！瞧瞧谁来了？”艾迪特兴奋地拍了拍手。

sān gè qiáng dào sōng le kǒu qì duō kuī kǎ sī bā bǎ zhù tīng qì cáng zài kā
三个强盗松了口气。多亏卡斯巴把助听器藏在咖

fēi guàn lǐ le zhè yì zhāo zhēn shì tài míng zhì le ài dí tè xiǎn rán gēn běn méi
啡罐里了，这一招真是太明智了！艾迪特显然根本没

tīng jiàn tā zì jǐ fàng de pì tā dà gài hái yǐ wéi zì jǐ fàng le sān gè mēn pì
听见她自己放的屁，她大概还以为自己放了三个闷屁。

tā men zhè cái suàn shì táo guo yì jié zài chǎng de suǒ yǒu rén dōu tài xìng yùn le
他们这才算是逃过一劫。在场的所有人都太幸运了。

hái hǎo ài dí tè de pì bú chòu zuì duō jiù yǒu nà me yì diǎn diǎn wèi dào ér yǐ
还好艾迪特的屁不臭，最多就有那么一点点味道而已。

jiē xià lái huì fā shēng shén me sān gè qiáng dào de xīn lǐ kě shì míng míng bái
接下来会发生什么，三个强盗的心里可是明明白

bái de
白的。

yì qǐ lái wán dà fù wēng ba ài dí tè xīng fèn de dà shēng
“一起来玩大富翁吧！”艾迪特兴奋地大声

shuō dào
说道。

kǎ sī bā bǎ zhuāng zhe zāng wù de bù dài cáng jìn ài dí tè yòng lái fàng sǎn
卡斯巴把装着赃物的布袋藏进艾迪特用来放伞

de niú nǎi tǒng lǐ, dà jiā zài ài dí tè de yóu xì tǎn shàng zuò le xià lái
的牛奶桶里，大家在艾迪特的游戏毯上坐了下来。

wǒ shàng xué de shí hou kě yì zhí shì suàn shù nǚ
“我上学的时候可一直是算术女

wáng, ài dí tè xuān bù dào, suǒ yǐ wǒ shì yín
王，”艾迪特宣布道，“所以我是银

háng de zuì jiā rén xuǎn
行的最佳人选！”

bú shì nǐ hái néng shì
“不是你还能是

shuí? bù lóng sī jī xiǎo shēng dí
谁？”布龙斯基小声嘀

gu le yí jù. ài dí tè měi
咕了一句。艾迪特每

cì dōu shì yín háng
次都是银行。

bù lóng sī jī hé wàng
布龙斯基和旺

dá kāi shǐ zhěng lǐ ài dí tè
达开始整理艾迪特

fā gěi tā men de qián ér kǎ sī bā zé bǎ suǒ yǒu de qián yì gǔ nǎor quán dōu
发给他们的钱，而卡斯巴则把所有的钱一股脑儿全都
duī zài zì jǐ gēn qián zhè yàng kàn qǐ lái duō yì xiē tā jiě shì shuō
堆在自己跟前。“这样看起来多一些！”他解释说。

qí shí sān gè lù lín dà dào cóng ài dí tè nàr dé dào de bú guò shì yì diǎnr
其实三个绿林大盗从艾迪特那儿得到的不过是一点
kě lián de líng huā qián ér yǐ
儿可怜的零花钱而已。

bù lóng sī jī àn zì jué dìng zhè yí cì tā kě yí dìng yào hǎo hǎo dīng zhe
布龙斯基暗自决定，这一次他可一定要好好盯着
ài dí tè de shǒu yóu xì guī zé lǐ jué duì bù kě néng xiě zhe zhǐ yǒu tā cái
艾迪特的手。游戏规则里绝对不可能写着，只有她才
néng dé dào tiáo jiàn zuì yōu yuè de yín háng dài kuǎn ér qiě tā hái lǎo wèn tā men jiè
能得到条件最优越的银行贷款。而且她还老问他们借
qián dàn shì què cóng lái bù huán
钱，但是却从来不还。

shuí zuì piào liang shuí xiān kāi shǐ ài dí tè kāi xīn de hǎn dào bù
“谁最漂亮谁先开始！”艾迪特开心地喊道，不
děng qiáng dào men tí chū yì yì tā gǎn jǐn yòu bǔ chōng le yí jù suǒ yǐ wǒ
等强盗们提出异议，她赶紧又补充了一句，“所以我
xiān lái
先来！”

cái wán le yì pán ài dí tè jiù yǐ jīng yōng yǒu le hǎo jǐ zhuàng fáng zi
才玩了一盘，艾迪特就已经拥有了好几幢房子，

ér sān gè qiáng dào zé quán dōu jìn le jiān yù yào tíng zǒu sān quān
而三个强盗则全都进了监狱，要停走三圈。

àidítè duì tā men tí chū de kàng yì wán quán bù lǐ bù cǎi dāng rán
艾迪特对他们提出的抗议完全不理不睬。当然
le xiǎng ràng ài dí tè tīng dào tā men de yì jiàn tā men jiù děi xiān bǎ zhù tīng
了，想让艾迪特听到他们的意见，他们就得先把助听
qì cóng kā fēi guàn lǐ ná chū lái dàn shì ài dí tè lián cè suǒ dōu bú ràng tā men
器从咖啡罐里拿出来。但是艾迪特连厕所都不让他们
qù jiān yù jiù shì jiān yù zhè yì diǎn sān gè qiáng dào yě néng lǐ jiě yú shì
去！监狱就是监狱！这一点三个强盗也能理解。于是
tā men zhǐ néng yǎn zhēng zhēng de kàn zhe ài dí tè mǎi xià yì tiáo yòu yì tiáo de
他们只能眼睁睁地看着艾迪特买下一条又一条的
jiē dào
街道。

měi mǎi xià yí kuài xīn de dì pí měi zào yí gè xīn de lǚ guǎn ài dí tè
每买下一块新的地皮，每造一个新的旅馆，艾迪特
dōu yǐ yí gè xiǎng pì lái biǎo shì qìng zhù
都以一个响屁来表示庆祝。

méi guò duō jiǔ sān gè qiáng dào jiù quán dōu pò chǎn le wéi yī ràng tā men
没过多久，三个强盗就全都破产了。唯一让他们
qiáng rěn zhe méi yǒu dà kū de yuán yīn jiù shì tā men bǎ ài dí tè qiǎng guāng le
强忍着没有大哭的原因，就是他们把艾迪特抢光了

de mǎn zú gǎn
的满足感。

tā men shèn zhì gǎn dào yǒu diǎnr guò yì bú qù zhí dào gào bié shí yě méi
他们甚至感到有点儿过意不去，直到告别时也没

hé tā shuō zhēn huà
和她说真话。

zhè ge yóu xì tài hǎo wán le bù lóng sī jī shuō
“这个游戏太好玩了！”布龙斯基说。

wǒ men xià cì zài lái yo wàng dá shuō
“我们下次再来哟！”旺达说。

tā liǎ shuō zhè xiē yǒu shàn de huà yǔ chún cuì shì wèi le zhuǎn yí ài dí tè de
他俩说这些友善的话语纯粹是为了转移艾迪特的

zhù yì lì yǐ biàn kǎ sī bā néng qiāo qiāo de bǎ zhàn lì pǐn dài cóng niú nǎi tǒng lǐ
注意力，以便卡斯巴能悄悄地把战利品袋从牛奶桶里

qǔ chū lái
取出来。

zài jiàn bù lóng sī jī hé wàng dá huī hui shǒu tā liǎ xiàng yì dǔ
“再见！”布龙斯基和旺达挥挥手。他俩像一堵

qiáng yí yàng bìng pái zhàn zhe ér kǎ sī bā zé dài zhe zhàn lì pǐn duǒ zài tā men
墙一样并排站着，而卡斯巴则带着战利品躲在他们

shēn hòu
身后。

ài dí tè bǎ fáng mén guān shàng hòu wàng dá bù lóng
艾迪特把房门关上后，旺达、布龙

sī jī hé kǎ sī bā de xīn qíng yòu hǎo le qǐ lái kǎ sī bā
斯基和卡斯巴的心情又好了起来。卡斯巴

lín zǒu qián hái pǎo huí pū zhe yóu xì tǎn de fáng jiān bǎ dà fù wēng yóu xì de
临走前还跑回铺着游戏毯的房间，把大富翁游戏的
suǒ yǒu yóu xì bì hé jī huì kǎ tǒng tǒng ná zǒu le
所有游戏币和机会卡统统拿走了。

kǎ sī bā nǐ kě zhēn shì gè tiān bú pà dì bú pà de dà dào a lìng
“卡斯巴，你可真是个天不怕地不怕的大盗啊！”另
wài liǎng gè qiáng dào huān hū zhe shuō dào
外两个强盗欢呼着说道。

cǐ shí cǐ kè nà qī gè yǐn xíng wài sheng zhèng zài shén me dì fang yóu dàng
此时此刻，那七个隐形外甥正在什么地方游荡
ne zhè kě jiù wú rén zhī xiǎo le
呢？这可就无人知晓了……

-8-

zhǎng zhe bò he táng yǎn jing de
长着薄荷糖眼睛的

yōu líng
幽灵

世界上最可爱的淘气包

sān gè qiáng dào lún liú jiē guo zhàn lì pǐn dài měi gè rén dōu zàn shǎng de diān le diān chén zhòng de bù dài jīn tiān de zhàn lì pǐn zhēn bù shǎo tā men gāo xìng de zài sēn lín lǐ jì xù xíng jìn
三个强盗轮流接过战利品袋。每个人都赞赏地掂了掂沉重的布袋。今天的战利品真不少。他们高兴地在森林里继续行进。

bù jiǔ zhī hòu tā men lái dào lín zhōng de yí piàn kòng dì shàng kǎ sī bā qiáng liè yāo qiú xiū xi yí huìr yǐ biàn qí lì néng hū xī yì diǎnr xīn xiān kōng qì
不久之后，他们来到林中的一片空地上。卡斯巴强烈要求休息一会儿，以便齐利能呼吸一点儿新鲜空气。

nǐ men nán dào xiǎng bǎ tā yì zhí guān zài hēi hū hū de bù dài lǐ ma tā fèn fèn de wèn dào
“你们难道想把它一直关在黑乎乎的布袋里吗？”他愤愤地问道。

bù lóng sī jī hé wàng dá yáo le yáo tóu
布龙斯基和旺达摇了摇头。

kǎ sī bā guì zài dì shàng xiǎo xīn yì yì de cóng bù dài lǐ qǔ chū wū guī rán hòu bǎ tā fàng zài zì jǐ shēn biān de cǎo cóng lǐ
卡斯巴跪在地上，小心翼翼地从布袋里取出乌龟，然后把它放在自己身边的草丛里。

lìng wài liǎng gè qiáng dào zé tǎng zài dì shàng shēn le gè lǎn yāo
另外两个强盗则躺在地上伸了个懒腰。

zhè yàng de qiáng dào shēng huó zhēn shū fu a wàng dá tàn dào tā
“这样的强盗生活真舒服啊！”旺达叹道。她
xiàn zài hěn qìng xìng zì jǐ méi yǒu tuō lí zhè ge qiáng dào tuán huǒ
现在很庆幸自己没有脱离这个强盗团伙。

三个绿林大盗彼此含笑而视。他们真想就这么在这片空地上躺一个下午。要知道，游手好闲、无所事事可是他们除了打劫以外最喜欢干的事了。

然而，四周忽然静了下来——静得诡异！就连齐利也尽量让自己在咀嚼野芝麻菜时不发出声音来。

“要么是有人把全世界的杂音都偷走了，”旺达开口说道，她的脸色突然变得惨白，“要么……”她不敢接着往下说，更不敢接着往下想。

因为四周如果变得如此寂静的话，那就只可能有一个解释：森林屏住了它的呼吸。而除了这三个绿林大盗以外，只有一样东西能让森林吓得连大气都不敢出。

旺达警惕地环顾左右。森林边上是不是有个影子？它刚才还不在那儿的吧？卡斯巴把齐利放到自己的头顶上。他不忍心又把它塞回布袋里去，于是齐利就像个自行车头盔一样趴在卡斯巴的一头红发上。

三个绿林大盗可不想就这么堂而皇之地暴露在外，因此他们决定离开这片四面都没有遮挡的林中空地。

很快他们就又置身于森林之中。周围的枝叶比以往任何时候都更加茂密，光线也更加昏暗。问题是这里比之前在空地上更让人胆战心惊。

“我们要不要唱首歌？”卡斯巴提议道。

于是三个强盗一起开口唱了起来，可是他们只发

chū le jǐ gè duàn duàn xù xù de yīn jié
出了几个断断续续的音节。

hēi lī hēi yō tā men chàng dào wǒ men kuài huo yòu kāi
“嘿哩嘿哟，”他们唱道，“我们快活又开

xīn zhè huà lián tā men zì jǐ dōu bú xìn gē shēng fǎn dào ràng tā men gǎn
心……”这话连他们自己都不信。歌声反倒让他们感

dào gèng jǐn zhāng le yīn wèi tā men cóng zì jǐ jiē jiē bā bā wén zi jiào bān de
到更紧张了。因为他们从自己结结巴巴、蚊子叫般的

shēng yīn tīng chū lái tā men qí shí yǒu duō hài pà
声音听出来他们其实有多害怕。

kā lā
咔拉——

wàng dá tíng xià jiǎo bù nǐ men tīng jiàn zhè ge shēng yīn le ma
旺达停下脚步。“你们听见这个声音了吗？”

kā lā kā lā
咔拉咔拉——

xiàn zài sān gè rén dōu tīng jiàn le
现在三个人都听见了。

kā lā
咔拉——

sān gè qiáng dào jīng kǒng de sì xià zhāng wàng
三个强盗惊恐地四下张望。

kā lā
咔拉——

他们实在无法确定这个奇怪的声音是从哪儿传来的。“要不我们还是回到空地上去吧！”旺达提议道。

“或者躲到艾迪特的雨伞后面去！”布龙斯基想出个主意。

可惜已经太迟了。三个强盗刚在雨伞后面蹲下来，她就忽然出现在他们面前。她斜靠在树干上，毫不掩饰地笑着看着他们。她是从哪儿冒出来的？难道她是从树上爬下来的？

“原来你在这儿啊！”她说。

旺达把雨伞像盾牌一样拿在手中对着这个女人。她的血液似乎都凝固在血管里了。

kě shì zhè ge nǚ rén duì yǔ sǎn yì diǎnr yě bú zài hu tā lǎn yáng yáng de
可是这个女人对雨伞一点儿也不在乎。她懒洋洋地

lí kāi shù gàn huǎn huǎn de cháo tā men zǒu lái tā shēn chuān yì tiáo yìn yǒu yuán
离开树干，缓缓地朝他们走来。她身穿一条印有圆

diǎn tú àn de cháng kù hé yí jiàn chéng sè de xù shān
点图案的长裤和一件橙色的T恤衫。

kǎ sī bā yǒu diǎnr hú tu le tā bù míng bai zhè ge zhǎng de xiàng wàng
卡斯巴有点儿糊涂了。他不明白这个长得像旺
dá mā ma de nǚ rén yǒu shén me kě pà de wàng dá de mā ma yì diǎnr
达妈妈的女人有什么可怕的。旺达的妈妈一点儿
yě bú xià rén kǎ sī bā céng jīng gēn tā jiē chù guo jǐ
也不吓人。卡斯巴曾经跟她接触过几
cì suǒ yǐ tā zhī dào de hěn qīng chǔ kǎ sī bā shèn
次，所以他知道得很清楚。卡斯巴甚
zhì jué de tā hěn cí xiáng
至觉得她很慈祥。

yǒu yí cì kǎ sī bā shuāi le yì jiāo
有一次卡斯巴摔了一跤，
shì wàng dá de mā ma gěi tā de xī gài shàng tiē
是旺达的妈妈给他的膝盖上贴
le hǎo jǐ kuài yìn yǒu qīng wā tú àn de chuàng kě tiē
了好几块印有青蛙图案的创可贴。
zhè shì tā jì de yì qīng èr chǔ hòu lái tā hái bǎ tā lǒu zài huái
这事他记得一清二楚。后来她还把他搂在怀
zhōng ān wèi le hěn jiǔ zhí dào tā zì jǐ de mā ma jiē dào diàn huà
中安慰了很久，直到他自己的妈妈接到电话
hòu guò lái jiē tā wàng dá de mā ma hái huì kǎo xiāng pēn pēn de dàn gāo
后过来接他。旺达的妈妈还会烤香喷喷的蛋糕、
xiū zì xíng chē zhè xiē kǎ sī bā dōu duō cì qīn yǎn jiàn shi guo
修自行车。这些卡斯巴都多次亲眼见识过。

但是旺达的脸色为什么变得这么苍白，好像看见了幽灵一样？既然旺达吓成这样，那这个女人大概是别的什么人吧！一个伪装成旺达妈妈的人。

在这个稀奇古怪的魔法森林里，什么都有可能发生。卡斯巴禁不住哆嗦了一下。

“这是谁啊？”他压低声音问旺达。

旺达沉默了一会儿，然后她指着那个女人腰上系着的腰包说：“那里头装的全是她的刑具！”

卡斯巴还是没搞明白这个女人到底是谁。她是旺达的妈妈，还是幽灵，还是两者都是？他发现她的眼睛是浅蓝色的，就像那种特别辣的薄荷糖一样。人会有这样的眼睛吗？像薄荷糖一样的眼睛？卡斯巴现在确信

zhàn zài tā men miàn qián de kěn dìng shì gè yōu líng le
站在他们面前的肯定是个幽灵了。

yōu líng lí tā men yuè lái yuè jìn
幽灵离他们越来越近。

wèi le bǎo xiǎn qǐ jiàn kǎ sī bā bǎ qí lì fàng dào yí kuài sōng ruǎn de tái
为了保险起见，卡斯巴把齐利放到一块松软的苔
xiǎn shàng xiǎo wū guī lì kè suō jìn le guī ké lǐ
藓上。小乌龟立刻缩进了龟壳里。

zhǎng zhe bò he táng yǎn jing de yōu líng kāi shǐ shuō huà le sān gè qiáng dào yě
长着薄荷糖眼睛的幽灵开始说话了，三个强盗也
bù jīn suō qǐ le bó zi
不禁缩起了脖子。

mǎ yà yōu líng shuō dào nǐ xiǎng xiàn zài wán wán quán méi wèn
“玛娅，”幽灵说道，“你想现在玩，完全没问
tí zhǐ yào nǐ zūn shǒu wǒ men zhī qián de yuē dìng
题……只要你遵守我们之前的约定。”

wàng dá de tóu shàng hái dài zhe tā de tóu tào tā sì xià zhāng wàng le yí
旺达的头上还戴着她的头套。她四下张望了一
xià zhèr méi yǒu jiào mǎ yà de tā duì yōu líng shuō dào nín kěn dìng
下。“这儿没有叫玛娅的！”她对幽灵说道，“您肯定
rèn cuò rén le wǒ jiào wàng dá
认错人了！我叫旺达！”

ò zhè yàng a yōu líng shuō dào rú guǒ duì wàng dá lái shuō yě
“哦，这样啊，”幽灵说道，“如果对旺达来说也

shì yí yàng de guī ju ne
是一样的规矩呢？”

wàng dá mò mò bù yǔ bù lóng sī jī hé kǎ sī bā kàn jiàn tā de yǎn lǐ yǒng chū le lèi shuǐ
旺达默默不语。布龙斯基和卡斯巴看见她的眼里涌出了泪水。

zhè bù gōng píng qí tā rén dōu bú yòng
“这不公平！其他人都不用……”

āi mǎ
“唉，玛……”

wàng dá wàng dá bú nài fán de dǎ duàn yōu líng de huà
“旺达！”旺达不耐烦地打断幽灵的话。

hǎo suí nǐ biàn wàng dá zhǎng zhe bò he táng yǎn jing de yōu líng dá dào zhè me zhē teng bù kě xiào ma zuì duō yì fēn zhōng jiù hǎo le
“好，随你便，旺达……”长着薄荷糖眼睛的幽灵答道，“这么折腾不可笑嘛！最多一分钟就好了……”

yōu líng èr huà bù shuō jiù zài tā men miàn qián zuò le xià lái tā bù huāng bù máng de lā kāi yāo bāo kāi shǐ màn màn de wǎng wài ná gōng jù guò le hǎo jiǔ tā cái bǎ tā men quán bù ná le chū lái suí hòu tā yòu qǔ chū yì tiáo máo jīn tān zài zì jǐ de tuǐ shàng
幽灵二话不说就在他们面前坐了下来。她不慌不忙地拉开腰包，开始慢慢地往外拿工具。过了好久，她才把它们全部拿了出来，随后她又取出一条毛巾摊在自己的腿上。

wàng dá shēn xī le yì kǒu qì
旺达深吸了一口气，

tā shén qíng chén zhòng de kàn zhe bù lóng sī
她神情沉重地看着布龙斯

jī hé kǎ sī bā rán hòu mò mò wú yán de yōng bào le
基和卡斯巴，然后默默无言地拥抱了

tā de liǎng gè tóng bàn yí xià xiān shì bù lóng sī jī rán
她的两个同伴一下。先是布龙斯基，然

hòu shì kǎ sī bā
后是卡斯巴。

世界上最可爱的淘气包

jiē zhe tā tīng tiān yóu mìng de zǒu dào zhǎng zhe bò he táng yǎn jing de yōu
接着，她听天由命地走到长着薄荷糖眼睛的幽
líng gēn qián bù lóng sī jī zhuā jǐn le kǎ sī bā de shǒu tā men de liǎn shàng liú
灵跟前。布龙斯基抓紧了卡斯巴的手。他们的脸上流
mǎn le yǎn lèi wàng dá shì gè duō me yīng yǒng de nǚ qiáng dào a yīng gāi jiù dì
满了眼泪。旺达是个多么英勇的女强盗啊！应该就地
gěi tā lì yí kuài jì niàn bēi cái shì
给她立一块纪念碑才是！

yōu líng wēi xiào de kàn zhe wàng dá shuō zhēn de bú huì hěn jiǔ wǒ
幽灵微笑地看着旺达说：“真的不会很久！我
bǎo zhèng
保证！”

wàng dá cháo yōu líng shēn chū shuāng shǒu
旺达朝幽灵伸出双手。

zuǒ shǒu xiān lái tā duàn rán shuō dào tā kě bù xiǎng shén me dōu tīng
“左手先来！”她断然说道。她可不想什么都听
yōu líng de bǎi bù
幽灵的摆布。

tā zuì hòu wàng le bù lóng sī jī hé kǎ sī bā yì yǎn rán hòu bì shàng le
她最后望了布龙斯基和卡斯巴一眼，然后闭上了
yǎn jing
眼睛。

yōu líng cóng bǎi zài shēn biān de gōng jù zhōng tiāo le yì bǎ zhǐ jia qián nà
幽灵从摆在身边的工具中挑了一把指甲钳。“那

wǒ men jiù kāi shǐ ba tā yì biān shuō yì biān yàn wù de qiáo le yì yǎn wàng
我们就开始吧！”她一边说，一边厌恶地瞧了一眼旺

dá de shǒu zhǐ jia zhēn de bù néng zài tuō le
达的手指甲，“真的不能再拖了！”

hǎo la yǒu nà me kě pà ma yōu líng jiǎn wán zhǐ jia hòu wèn
“好啦！有那么可怕吗？”幽灵剪完指甲后问。

bù bù kě pà wàng dá dū nang zhe dá dào shì shí shàng tā
“不……不可怕……”旺达嘟囔着答道。事实上她

jué de zhè shí zài tài zāo xīn le yǒu shuí jiàn guo zhǐ jia jiǎn de gān gān jìng jìng de
觉得这实在太糟心了……有谁见过指甲剪得干干净净的

qiáng dào zhè zhēn shì jiào rén kū xiào bù dé
强盗？这真是叫人哭笑不得。

bò he táng yōu líng bǎ tā de gōng jù yòu zhěng zhěng qí qí de fàng huí
薄荷糖幽灵把她的工具又整整齐齐地放回

yāo bāo
腰包。

xíng la bié lā zhe gè liǎn tā ān wèi de shuō dào zài guò yí gè
“行啦！别拉着个脸！”她安慰地说道，“再过一个
xīng qī tā men jiù yòu zhǎng cháng le
星期，它们就又长长了！”

yě huì yòu biàn zāng ma wàng dá wèn
“也会又变脏吗？”旺达问。

nā dāng rán la yōu líng xiàng tā bǎo zhèng dào
“那当然啦！”幽灵向她保证道。

zhēn de wàng dá yōu lǜ de kàn zhe dì shàng nà yì duī jiǎn xià lái de
“真的？”旺达忧虑地看着地上那一堆剪下来的
yuè yá xíng hēi zhǐ jia
月牙形黑指甲。

hái yào guò yí gè xīng qī a wàng dá bào yuàn de shuō zhè me
“还要过一个星期啊？”旺达抱怨地说，“这么
gān jìng de shǒu hái yǒu shuí huì ná
干净的手，还有谁会拿
wǒ dāng huí shì
我当回事？”

yōu líng ruò
幽灵若

yǒu suǒ sī de kàn zhe wàng dá rán hòu tā tàn le kǒu qì yòu zuò le xià lái dǎ
有所思地看着旺达，然后她叹了口气又坐了下来，打
kāi yāo bāo cóng lǐ miàn ná chū yí gè xiǎo píng zi gū jì nǐ xiàn zài zuì xū
开腰包，从里面拿出一个小瓶子。“估计你现在最需
yào de dōng xi jiù shì tā tā yì biān shuō yì biān zhǎ le zhǎ tā de bò he
要的东西就是它！”她一边说，一边眨了眨她的薄荷
táng yǎn jing
糖眼睛。

tā bǎ xiǎo píng zi nǐng kāi hòu yì gǔ cì bí de wèi dào lì kè chuàn le chū
她把小瓶子拧开后，一股刺鼻的味道立刻串了出
lái wàng dá mǎ shàng miàn lù xǐ sè zhè yí cì tā zhǔ dòng shēn chū shǒu qù
来。旺达马上面露喜色。这一次她主动伸出手去。

xiàn zài yào děng tā biàn gān yōu líng nòng hǎo hòu shuō dào tā gào su
“现在要等它变干！”幽灵弄好后说道。她告诉
wàng dá zěn me bǎ shǒu shuǎi gān
旺达怎么把手甩干。

kǎ sī bā chuī le shēng kǒu shào wā hēi sè de zhǐ jia yóu wǒ
卡斯巴吹了声口哨。“哇！黑色的指甲油！我
yě yào
也要！”

gèng bàng de hái zài hòu tou ne děng sān gè qiáng dào de hēi zhǐ jia yóu dōu
更棒的还在后头呢：等三个强盗的黑指甲油都

gān le zhī hòu yōu líng cóng tā de yāo bāo lǐ tāo chū yì zhī bái sè de zhū guāng qī bǐ
干了之后，幽灵从她的腰包里掏出一支白色的珠光漆笔。

měi gè qiáng dào zì jǐ xuǎn chū yí gè shǒu zhǐ tou rán hòu yōu líng zài nà ge zhǐ tou de zhǐ jia shàng huà le yí gè kū lóu tóu
每个强盗自己选出一个手指头，然后幽灵在那个指头的指甲上画了一个骷髅头。

zhè yí xià sān gè lǜ lín dà dào kàn qǐ lái kě bǐ yǐ qián wēi xiǎn duō le
这一下三个绿林大盗看起来可比以前危险多了。

zhēn de tǐng xià rén de ne yōu líng mǎn yì de shuō dào rán hòu bǎ zhū guāng qī bǐ yòu sāi huí bāo lǐ
“真的挺吓人的呢！”幽灵满意地说道，然后把珠光漆笔又塞回包里。

sān gè qiáng dào hù xiāng bǐ le bǐ tā men de kū lóu tóu
三个强盗互相比了比他们的骷髅头。

dāng tā men zài cì tái qǐ tóu shí yōu líng yǐ jīng xiāo shī de wú yǐng wú zōng le jiù gēn tā chū xiàn de shí hou yí yàng shén bù zhī guǐ bù jué
当他们再次抬起头时，幽灵已经消失得无影无踪了。就跟她出现的时候一样，神不知鬼不觉。

wéi yǒu kǎ sī bā kàn dào le tā de yuán diǎn cháng kù de yì jiǎo tā yì bǎ
唯有卡斯巴看到了她的圆点长裤的一角。他一把

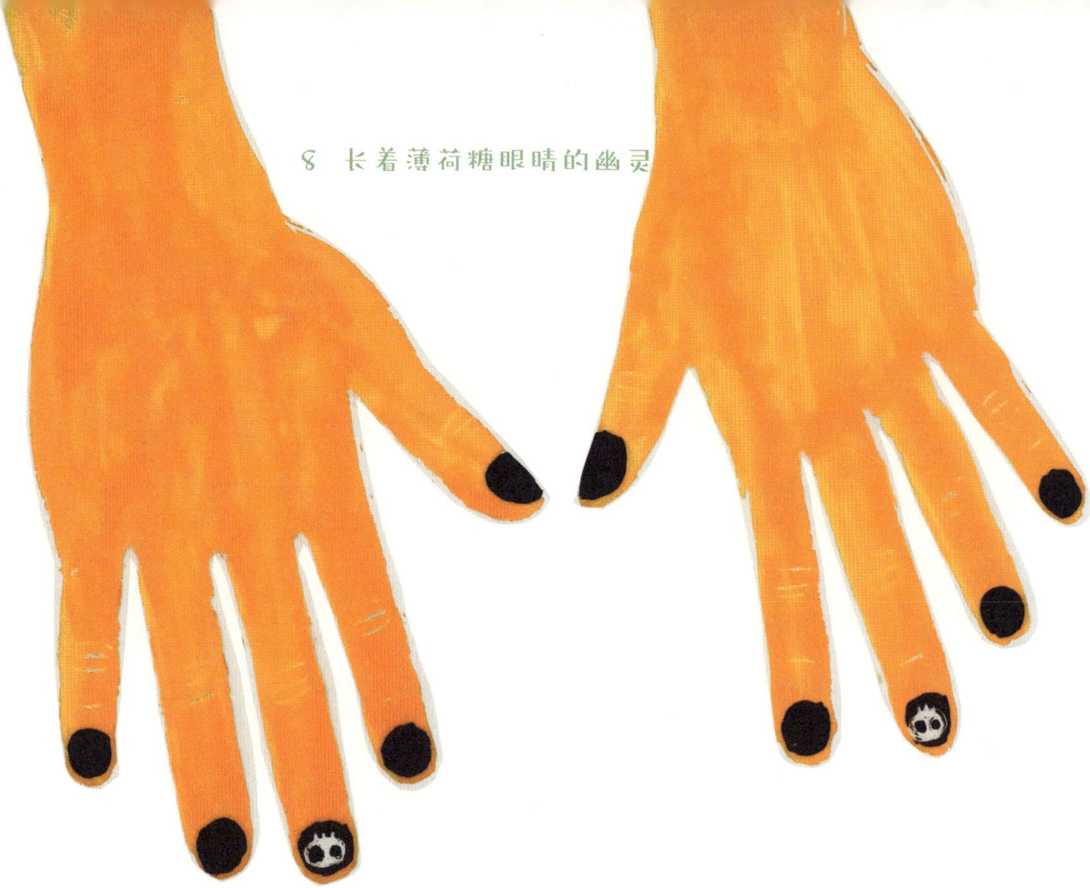

zhuā qǐ zhàn lì pǐn dài, zhuī zhe zhǎng zhe bò he táng yǎn jing de yōu líng pǎo le
抓起战利品袋，追着长着薄荷糖眼睛的幽灵跑了

guò qù
过去。

děng tā fǎn huí de shí hou, wàng dá hé bù lóng sī jī mǎn liǎn yí huò de kàn
等他返回的时候，旺达和布龙斯基满脸疑惑地看

zhe tā
着他。

wǒ zhǐ shì qù wèi tā de fú wù fù qián le kǎ sī bā jiě shì dào
“我只是去为她的服务付钱了！”卡斯巴解释道。

nǐ qù gàn shá le wàng dá hé bù lóng sī jī qì jí bài huài de wèn
“你去干啥了？”旺达和布龙斯基气急败坏地问。

kǎ sī bā nǐ zǎ yǒng yuǎn dōu xué bú huì ne bù lóng sī jī xùn chì dào qiáng dào shì qiǎng dōng xi de bú fù qián
“卡斯巴，你咋永远都学不会呢！”布龙斯基训斥道，“强盗是抢东西的！不付钱！”

nǐ gěi tā shá le wàng dá xiǎng zhī dào
“你给她啥了？”旺达想知道。

ài dí tè de mǎ tǒng shuā kǎ sī bā dà shēng de huí dá
“艾迪特的马桶刷！”卡斯巴大声地回答。

tīng dào zhè jù huà wàng dá hé bù lóng sī jī yě rěn bú zhù pěng fù dà xiào qǐ lái bù yí huìr sān gè qiáng dào jiù xiào de dōu dǎo zài le sēn lín de dì shàng
听到这句话，旺达和布龙斯基也忍不住捧腹大笑起来。不一会儿，三个强盗就笑得都倒在了森林的地上。

kǎ sī bā nǐ zhēn shì tài huá ji le wàng dá hé bù lóng sī jī gāo hū dào
“卡斯巴，你真是太滑稽了！”旺达和布龙斯基高呼道。

那七个隐形外甥会不会也觉得这事很可笑呢？绿林大盗们还是没想出能与这七个小家伙取得联系的办法来。

-9-

ào sī kǎ èr
奥斯卡（二）

děng sān gè qiáng dào píng jìng xià lái zhī hòu kǎ sī bā bǎ yí piàn chē qián cǎo
等三个强盗平静下来之后，卡斯巴把一片车前草
yè xiàng zuò yì shù pǐn yí yàng juǎn le qǐ lái tā yòng tā bǎ qí lì cóng wū guī ké
叶像做艺术品一样卷了起来，他用它把齐利从乌龟壳
lǐ yǐn le chū lái rán hòu bǎ qí lì yòu fàng dào le zì jǐ de tóu dǐng shàng
里引了出来，然后把齐利又放到了自己的头顶上。

xiàn zài chū fā qù ào sī kǎ jiā wàng dá hǎn dào wǒ jué de tā yě
“现在出发去奥斯卡家！”旺达喊道，“我觉得他也
wán gòu le
玩够了！”

ào sī kǎ zuò zài chuáng shàng xīn qíng jǔ sàng dào le jí diǎn xiǎo māo
奥斯卡坐在床上，心情沮丧到了极点。小猫
pā zài tā de shēn páng diàn nǎo píng mù yí piàn qī hēi shén me shēng yīn yě méi
趴在他的身旁。电脑屏幕一片漆黑，什么声音也没
yǒu xiě zì tái shàng de jiàn pán hé yóu xì jī yě bú jiàn le ào sī kǎ de bà
有。写字台上的键盘和游戏机也不见了。奥斯卡的爸
ba dòng zhēn gé de le bù xǔ tā zài wán yóu xì le
爸动真格的了，不许他再玩游戏了。

hé wǎng cháng yí yàng ào sī kǎ sì hū bìng méi yǒu fā xiàn tā men de dào
和往常一样，奥斯卡似乎并没有发现他们的到
lái tā de zhù yì lì quán zài xiǎo māo shēn shàng ér shí jì shàng tā dāng rán zài
来。他的注意力全在小猫身上。而实际上他当然在

àn zhōng dī fang zhe zhè sān gè qiáng dào kě bié ràng tā men shùn shǒu qiān yáng ná
暗中提防着这三个强盗，可别让他们顺手牵羊拿

zǒu diǎnr shén me dōng xi
走点儿什么东西。

lù lín dà dào men zhī dào ào sī kǎ bú shì zài hé tā men dǔ qì fǒu zé tā
绿林大盗们知道奥斯卡不是在和他们赌气，否则他

men bù kě néng dāi zài tā de fáng jiān lǐ dōng zhāng xī wàng
们不可能待在他的房间里东张西望。

zhǐ néng yòng yǎn jing kàn bù néng yòng shǒu mō ào sī kǎ dí gu le
“只能用眼睛看，不能用手摸！”奥斯卡嘀咕了

yí jù tā de ěr jī hái guà zài xiě zì tái qián de kào bèi yǐ shàng méi yǒu le ào
一句。他的耳机还挂在写字台前的靠背椅上。没有了奥

sī kǎ de shēn yǐng zhè bǎ yǐ zi xiǎn de gèng dà le
斯卡的身影，这把椅子显得更大了。

nǐ gěi tā qǐ míng zi le ma kǎ sī bā ná zhe bǐ sà hé zhàn zài
“你给它起名字了吗？”卡斯巴拿着比萨盒站在

ào sī kǎ de chuáng biān wèn
奥斯卡的床边问。

ào sī kǎ yì shēng bù kēng yě xǔ tā hái zài sī kǎo
奥斯卡一声不吭。也许他还在思考？

lì li ào sī kǎ guò le yí huìr dá dào
“丽丽。”奥斯卡过了一会儿答道。

卡斯巴使劲拧着手中的抵押品。奥斯卡看上去好伤心。他现在这个样子，卡斯巴怎么忍心抢走丽丽呢！那盏奥斯卡特地为他们打开的熔岩灯，强盗们也不好意思拿走。至于游戏机就更没戏了。这次的抢劫行动彻底失败了！

另外，三个强盗还是不明白奥斯卡为什么不愿意加入他们的团伙。他们真的挺希望他来参加的。可是这话他不想听。既然奥斯卡非要如此，那就随他去吧！让他一个人窝在那儿生闷气吧！森林里有的是可怕的事情等着

lù lín dà dào men qù máng huo ne
绿林大盗们去忙活呢！

nà qī gè yǐn xíng wài sheng yǒu shí shì bú shì yě huì bù gāo xìng yě huì shāng
那七个隐形外甥有时是不是也会不高兴、也会伤

xīn nán guò ne zhè kě jiù wú cóng kǎo zhèng la
心难过呢？这可就无从考证啦！

-10-

shǒu jī kuáng
手 机 狂

shǒu jī kuáng
手机狂

shǒu jī kuáng zhèng zhàn zài jiā mén kǒu tā jīng cháng zhàn zài nàr yīn wèi
手机狂正站在家门口。他经常站在那儿，因为
mén kǒu de wǎng luò xìn hào bǐ wū lǐ hǎo
门口的网络信号比屋里好。

dǎ jié sān gè qiáng dào yì kǒu tóng shēng de hǎn dào
“打劫！”三个强盗异口同声地喊道。

shǒu jī kuáng háo wú fǎn yìng jì xù kàn zhe tā de shǒu jī
手机狂毫无反应，继续看着他的手机。

qiáng dào men děng le yí huìr
强盗们等了一会儿。

dīng shǒu jī kuáng de shǒu jī xiǎng le yì shēng
叮，手机狂的手机响了一声。

wèi dǎ jié wàng dá lā cháng le shēng yīn chóng fù dào
“喂！打——劫——”旺达拉长了声音重复道。

shǒu jī kuáng zhè cái tái qǐ tóu lái hēi è nǐ men hǎo tā
手机狂这才抬起头来。“嘿！呃……你们好！”他
jiǎn duǎn de dá le yí jù rán hòu yòu qù kàn shǒu jī děng yí xià a wǒ
简短地答了一句，然后又去看手机，“等一下啊……我
jiù
就……”

zhè yàng xià qù kě bù xíng
这样下去可不行！

wǒ men shì lái nǐ jiā qiǎng dōng xi de kǎ sī bā tiǎo míng le shuō
“我们是来你家抢东西的！”卡斯巴挑明了说

dào wǒ men kě bú fù qián yě bù tí gòng qí tā rèn hé bǔ cháng
道，“我们可不付钱，也不提供其他任何补偿！”

hǎo è děng yí xià mǎ shàng jiù hǎo shǒu jī kuáng
“好……呃……等一下……马上就好……”手机狂

yì biān dū nang yì biān jì xù dīng zhe tā de shǒu jī
一边嘟囔，一边继续盯着他的手机。

wǒ men xiàn zài jiù jìn qù qiǎng jié la kǎ sī bā jiē zhe
“我们现在就进去抢——劫——啦——”卡斯巴接着

shuō tǒng tǒng qiǎng guāng
说，“统统抢——光——”

méi yǒu rèn hé fǎn yìng
没有任何反应。

wǒ men kě shì háo wú lián mǐn zhī xīn de tǔ fěi è wǒ shì shuō
“我们可是毫无怜悯之心的土——匪！呃，我是说，

lù lín dà dào
绿林大盗！”

hǎo è bú duì shǒu jī kuáng jì xù dū nang zhe lù
“好……呃，不对……”手机狂继续嘟囔着，“绿

lín dà dào è nǐ men shuō shá lái zhe
林大盗……呃……你们说啥来着？”

dīng shǒu jī kuáng de mù guāng yòu xùn sù huí dào shǒu jī píng mù shàng
叮——手机狂的目光又迅速回到手机屏幕上。

tā dīng zhe shén me yǒu qù de xìn xī méi wán méi liǎo de kàn zhe
他盯着什么有趣的信息没完没了地看着。

wàng dá sǒng le sǒng jiān
旺达耸了耸肩。

sān gè qiáng dào tuō diào xié zi zhǔn bèi jìn wū gāng yào kuà guò mén kǎn
三个强盗脱掉鞋子，准备进屋。刚要跨过门槛，
què yòu tíng xià le jiǎo bù yīn wèi tā men yǐ wéi tīng jiàn shǒu jī kuáng shuō le shén
却又停下了脚步，因为他们以为听见手机狂说了什
me ér tā zhǐ bú guò shì zài dī shēng zhòu mà zhe āi zhè shén me pò xìn
么，而他只不过是在低声咒骂着：“唉，这什么破信
hào
号……”

shǒu jī kuáng bǎ shǒu jī jǔ qǐ lái duì zhe tiān kōng de gè gè fāng xiàng sōu
手机狂把手机举起来，对着天空的各个方向搜
xún xìn hào tā mù bù zhuǎn jīng de dīng zhe shǒu jī rán hòu hū rán mài kāi tuǐ
寻信号。他目不转睛地盯着手机，然后忽然迈开腿，
cháo lín zhōng de yí kuài kòng dì zǒu le jǐ bù tā dà gài yǐ wéi nàr de xìn hào
朝林中的一块空地走了几步。他大概以为那儿的信号
huì hǎo yì diǎnr ba
会好一点儿吧。

bàn xiǎo shí zhī hòu sān gè qiáng dào qiǎng jié wán bì huí dào mén kǒu shǒu
半小时之后，三个强盗抢劫完毕回到门口。手
jī kuáng réng rán yí dòng bú dòng de zhàn zài yuán dì
机狂仍然一动不动地站在原地。

kǎ sī bā bǎ zhuāng de gǔ gu nāng nāng de bù dài tuō dào tā jiǎo qián
卡斯巴把装得鼓鼓囊囊的布袋拖到他脚前。

wèi tā duì shǒu jī kuáng shuō zhè lǐ tou kě shì nǐ de quán bù jiā
“喂！”他对手机狂说，“这里头可是你的全部家
chǎn jiù lián nà fú qiān míng hǎi bào yě bèi wǒ men ná zǒu le
产！就连那幅签名海报也被我们拿走了！”

shǒu jī kuáng qiáo le kǎ sī bā yì yǎn hǎo xiàng gēn běn bù zhī dào zhè ge
手机狂瞧了卡斯巴一眼，好像根本不知道这个
jiā huo shì cóng nǎr mào chū lái de yí yàng
家伙是从哪儿冒出来的一样。

ńg yào wǒ zài nǎr qiān zì shǒu jī kuáng xīn bú zài yān de
“嗯？……要我在哪儿签字？”手机狂心不在焉地
wèn dào
问道。

kǎ sī bā jué de zhè yě tài shǎ le suǒ yǐ tā jué dìng bú zài shuō shén me
卡斯巴觉得这也太傻了，所以他决定不再说什么。
shǒu jī kuáng sǒng le sǒng jiān yòu bǎ mù guāng yí dào tā de shǒu jī shàng
手机狂耸了耸肩，又把目光移到他的手机上。

bù lóng sī jī yáo le yáo tóu shuō zhè yàng zhēn méi jìn
布龙斯基摇了摇头说：“这样真没劲！”

yì diǎnr yì si dōu méi yǒu wàng dá yě shuō
“一点儿意思都没有！”旺达也说。

sān gè qiáng dào bǎ gāng gāng chuān shàng de xié zi yòu tuō le xià lái rán hòu
三个强盗把刚刚穿上的鞋子又脱了下来，然后
zài cì huí dào shǒu jī kuáng de jiā zhōng
再次回到手机狂的家中。

喂!

tā men bǎ gāng cái qiǎng lái de dōng xi quán bù fàng huí yuán wèi rú guǒ rén
他们把刚才抢来的东西全部放回原位。如果人
jia gēn běn jiù méi gǎo míng bai shì zài gēn shuí dǎ jiāo dao zài lì hai de qiáng dào yě
家根本就没搞明白是在跟谁打交道，再厉害的强盗也
méi le dǎ jié de xìng zhì
没了打劫的兴致。

sān gè qiáng dào měi cì jìn mén zhī qián dōu huì tuō xié nà qī gè yǐn xíng wài
三个强盗每次进门之前都会脱鞋，那七个隐形外
sheng duì zhè yì xíng wéi kěn dìng yě hěn zàn shǎng ba bì jìng zāng xié zi zǒu guò de
甥对这一行为肯定也很赞赏吧！毕竟脏鞋子走过的
dì fang yuè shǎo yào dǎ sǎo de dì fang jiù yuè shǎo
地方越少，要打扫的地方就越少。

-11-

wèi yīng gé tài tai
魏英格太太

wèi yīng gé tài tai
魏英格太太

jiē xià lái fā shēng de shì qing shì shuí yě méi yǒu yù liào dào de
接下来发生的事情，是谁也没有预料到的。

lù lín dà dào men zài xià yí gè fáng mén qián jìng rán yù dào le lìng yì huǒ qiáng dào
绿林大盗们在下一个房门前竟然遇到了另一伙强盗。

yú shì wèn tí mǎ shàng jiù lái le nǎ ge tuán huǒ míng shēng gèng dà shuí xiān lái de
于是问题马上就来了：哪个团伙名声更大？谁先来的？

zhè shì wǒ men de dì pán bù lóng sī jī dà shēng shuō dào
“这是我们的地盘！”布龙斯基大声说道。

ó nà ge tuán huǒ de nǚ shǒu lǐng shuō nǐ men hái zhēn shì shān zhōng wú lǎo hǔ hóu zi chēng bà wáng tā de tóng huǒ bǐ yí de dà xiào qǐ lái
“哦？”那个团伙的女首领说，“你们还真是山中无老虎——猴子称霸王！”她的同伙鄙夷地大笑起来。

nǐ bié zhēng zhe yǎn jing shuō xiā huà bù lóng sī jī dá dào
“你别睁着眼睛说瞎话！”布龙斯基答道。

wǒ kě méi shuō xiā huà míng jiào mò mo de nǚ shǒu
“我可没说瞎话，”名叫莫莫的女首

lìng yì huǒ qiáng dào
另一伙强盗

lǐng bú dòng shēng sè de shuō nǐ men hái shì kuài qù hé bù wá wa wán ba zhè
领不动声色地说，“你们还是快去和布娃娃玩吧！这
kě shì wǒ men de dì pán
可是我们的地盘！”

kǎ sī bā jué de qù hé bù wá wa wán de zhǔ yi bìng bú lài tā men fǎn zhèng
卡斯巴觉得去和布娃娃玩的主意并不赖。他们反正
dōu yǐ jīng dǎ jié le hǎo cháng shí jiān le hé kuàng tā men de bàn dài zhàn lì pǐn kě
都已经打劫了好长时间了。何况他们的半袋战利品可
dōu shì ná de chū shǒu de bǐ rú nà xiē piào liang de yìn yǒu shèng dàn tú àn de cān
都是拿得出手的！比如那些漂亮的印有圣诞图案的餐
jīn zhǐ hái yǒu qí tā wù pǐn yě dōu shì gāo duān dà qì shàng dàng cì de shuí néng
巾纸，还有其他物品也都是高端大气上档次的。谁能
qiǎng dào zhè xiē dōng xi shuí jiù néng gōng chéng shēn tuì le liú diǎnr dōng xi
抢到这些东西谁就能功成身退了。留点儿东西
gěi bié de tuán huǒ zhè qí shí yě mán gōng píng de ya jiù kǎ sī bā kàn lái duì
给别的团伙，这其实也蛮公平的呀！就卡斯巴看来，对
fāng de zhàn lì pǐn dài hái jī hū yì wú suǒ yǒu ne
方的战利品袋还几乎一无所有呢！

bú guò wàng dá hé bù lóng sī jī què hǎo xiàng yǒu bù tóng yì jiàn
不过旺达和布龙斯基却好像有不同意见。

wàng dá yáng qǐ yí cè de méi shāo shuō yào shi dòng qǐ zhēn gé de lái
旺达扬起一侧的眉梢说：“要是动起真格的来，
nà kě jiù bié guài wǒ men bú kè qì le
那可就别怪我们不客气了！”

nǐ men zuì hǎo hái shi zhǔ dòng chè le ba bù lóng sī jī fù yì shuō
“你们最好还是主动撤了吧！”布龙斯基附议说，

wǒ men kě bù xiǎng ràng nǐ men zuì hòu kū bí zi
“我们可不想让你们最后哭鼻子！”

ó mò mo fǎn wèn dào wǒ men huì kū bí zi mò mo kàn le
“哦？”莫莫反问道，“我们会哭鼻子？”莫莫看了

kàn yì liǎn níng xiào de tóng huǒ
看一脸狞笑的同伙。

jiào wǒ gēn nǐ men shuō shá hǎo ne mò mò jì xù shuō
“叫我跟你们说啥好呢？”莫莫继续说。

yǒu huà jiù shuō wàng dá huí dào
“有话就说！”旺达回道。

nǐ men de bà ba mā ma zhēn shi tài kě lián le zhī dào wèi shén me
“你们的爸爸妈妈，真是太可怜了！知道为什么

ma mò mo shuō
吗？”莫莫说。

wèi shá kǎ sī bā jiān zhe sǎng zi wèn dào tā de liǎn shàng yòu qǐ le
“为啥？”卡斯巴尖着嗓子问道。他的脸上又起了

xiǎo hóng diǎnr měi dāng tā shēng qì chī le jiān guǒ huò xiàng xiàn zài zhè yàng hài
小红点儿，每当他生气、吃了坚果或像现在这样害

pà shí jiù huì chū xiàn zhè zhǒng fǎn yìng
怕时，就会出现这种反应。

yīn wèi nǐ men mǎ shàng jiù huì biàn chéng sān gè kě lián chóng ér nǐ men
“因为你们马上就会变成三个可怜虫，而你们

de bà ba mā ma děi bǎ nǐ men jiǎn huí jiā yǎng zhe mò mo jiě shì dào tā de
的爸爸妈妈得把你们捡回家养着！”莫莫解释道。她的
tóng huǒ yòu dà xiào qǐ lái
同伙又大笑起来。

wàng dá hé bù lóng sī jī shēn xī le yì kǒu qì tā
旺达和布龙斯基深吸了一口气。他
liǎ de nǎo hǎi zhōng yǐ jīng yǒng chū chéng qiān shàng wàn gè rú
俩的脑海中已经涌出成千上万个如
hé jiào xùn mò mo zhè bāng rén de zhǔ yi le
何教训莫莫这帮人的主意了。

nǐ men yào shi bù zhǔ dòng tuì chū wàng dá wēi xié dào
“你们要是不主动退出，”旺达威胁道，
nà jiù nà jiù
“那就……那就……”

“那我们就把你们的袜子偷走，挂在我们的旗杆上！”布龙斯基帮她把话说完。他对自己想出来的这个坏主意很满意。

“我们啥时候有旗杆了？”卡斯巴瞪大了眼睛问布龙斯基。

莫莫一帮人再次大笑起来。

这两伙强盗就这么光顾着耍嘴皮子，竟没注意到他们面前的房门是什么时候被打开的。

正在争执的双方不知所措地你看看我，我看看你。卡斯巴是第一个看见魏英格太太的，她的模样把他吓了一跳。虽然能看到的并不多，但那一点儿就已经够吓人的了：她整个人裹在一条厚厚的大围巾里，羊

máo mào zi xià lù chū de tóu fa shī hū hū de zhān zài tā de é tóu shàng tā de
毛帽子下露出的头发湿乎乎地沾在她的额头上。她的
shuāng yǎn tōng hóng liǎn sè cāng bái yǎn quān wū hēi ā tì tā dǎ le
双眼通红，脸色苍白，眼圈乌黑。“阿嚏！”她打了
ge dà pēn tì
个大喷嚏。

liǎng huǒ qiáng dào lì kè ān jìng le xià lái dà jiā dōu wàng zhe wèi yīng gé
两伙强盗立刻安静了下来，大家都望着魏英格
tài tai
太太。

kǎ sī bā yòu shì fǎn yìng zuì kuài de tā bǎ zhàn lì pǐn dài tuō dào wèi yīng gé
卡斯巴又是反应最快的。他把战利品袋拖到魏英格
tài tai gēn qián cóng lǐ miàn tāo chū yì zhāng shèng dàn cān jīn zhǐ
太太跟前，从里面掏出一张圣诞餐巾纸。

cā bí tì yòng tā jiě shì dào
“擦鼻涕用！”他解释道。

wèi yīng gé tài tai jiē guò cān jīn zhǐ duì zhe tā shǐ jìn xǐng le xǐng bí tì
魏英格太太接过餐巾纸，对着它使劲擤了擤鼻涕。
liǎng huǒ qiáng dào dōu mì qiè de zhù shì zhe tā wèi yīng gé tài tai bìng de kě bù qīng
两伙强盗都密切地注视着她。魏英格太太病得可不轻
a zhè yì diǎn duì rèn hé yí gè qiáng dào lái shuō dōu xiǎn ér yì jiàn
啊！这一点对任何一个强盗来说都显而易见。

zhēn shì tài xiè xie nǐ le wèi yīng gé tài tai yòng hěn zhòng de bí yīn duì
“真是太谢谢你了！”魏英格太太用很重的鼻音对

kǎ sī bā shuō dào kàn lái tā de bí zi yě bù tōng qì tā xǐng wán bí tì hòu
卡斯巴说道，看来她的鼻子也不通气。她擤完鼻涕后，
bǎ yòng guo de shèng dàn cān jīn zhǐ sāi jìn xiù guǎn lǐ yě xǔ wǒ guò huìr hái
把用过的圣诞餐巾纸塞进袖管里。“也许我过会儿还
yòng de zháo tā tā shuō
用得着它！”她说。

kǎ sī bā ruò yǒu suǒ sī de kàn le kàn zhàn lì pǐn dài rán hòu tā gān cuì bǎ
卡斯巴若有所思地看了看战利品袋，然后他干脆把
shèng xià de shèng dàn cān jīn zhǐ quán dōu ná le chū lái sāi jìn wèi yīng gé tài tai de
剩下的圣诞餐巾纸全都拿了出来，塞进魏英格太太的
shǒu zhōng nǐ hái shì quán dōu ná qù ba tā shuō bǎo xiǎn qǐ jiàn
手中。“你还是全都拿去吧！”他说，“保险起见！
xiàn zài gǎn kuài qù chuáng shàng tǎng zhe ba
现在赶快去床上躺着吧！”

bù lóng sī jī wàng dá hé mò mo de tuán huǒ yí zhì diǎn tóu tā men bǎ wèi
布龙斯基、旺达和莫莫的团伙一致点头。他们把魏
yīng gé tài tai sòng dào chuáng shàng gěi tā gài hǎo bèi zi hái yǒu shén me xū
英格太太送到床上，给她盖好被子。“还有什么需
yào wǒ men bāng máng de ma wàng dá wèn dào wéi shēng sù bìng rén
要我们帮忙的吗？”旺达问道，“维生素！……病人
dōu xū yào bǔ chōng wéi shēng sù wǒ zhèng hǎo zhī dào shàng nǎr néng nòng dào xīn
都需要补充维生素！我正好知道上哪儿能弄到新
xiān de shuǐ guǒ
鲜的水果！”

zuì hǎo zài shā yì zhī dà mǔ jī mò mo shuō wǒ bà zǒng shì
“最好再杀一只大母鸡，”莫莫说，“我爸总是
shuō yì wǎn rè jī tāng jiù gēn shén yào yí yàng néng ràng shēng bìng de rén mǎ
说，一碗热鸡汤就跟神药一样，能让生病的人马
shàng huī fù jiàn kāng
上恢复健康！”

hǎo zhǔ yi bù lóng sī jī biǎo shì zàn tóng hē wán jī tāng hòu gǎn
“好主意！”布龙斯基表示赞同，“喝完鸡汤后赶
jǐn zài zuān jìn nuǎn huo de bèi wō hǎo hǎo chū yì shēn dà hàn wǒ chà bu duō yǐ
紧再钻进暖和的被窝，好好出一身大汗！我差不多已
jīng zhī dào qù nǎr nòng rè shuǐ dài le
经知道去哪儿弄热水袋了！”

liǎng huǒ qiáng dào fēn tóu chū dòng bǎ suǒ yǒu yǒu zhù yú shēn tǐ jiàn kāng
两伙强盗分头出动，把所有有助于身体健康、
néng zēng qiáng tǐ zhì de dōng xi sōu guā yì kōng
能增强体质的东西搜刮一空。

kǎ sī bā bǎ ài dí tè de táng kuài yě sòng gěi le wèi yīng gé tài tai wǒ
卡斯巴把艾迪特的糖块也送给了魏英格太太。“我
yě bú tài qīng chu zhè shì gè shén me dōng xi tā shuō gū jì kě yǐ fàng
也不太清楚这是个什么东西，”他说，“估计可以放
dào chá lǐ ba
到茶里吧！”

tā men lún liú wéi wèi yīng gé tài tai niàn wán bào zhǐ zhī hòu liǎng huǒ qiáng
他们轮流为魏英格太太念完报纸之后，两伙强
dào yòu zhàn zài le mén kǒu hǎo ba nà jiù zhè yàng ba bù lóng sī
盗又站在了门口。“好吧，那就这样吧……”布龙斯
jī shuō wǒ men wǎng zhè biān zǒu mò mo diǎn dian tóu nà wǒ
基说，“我们……往这边走！”莫莫点点头。“那我
men wǎng nà biān zǒu tā zhǐ zhe xiāng fǎn de fāng xiàng shuō
们……往那边走！”她指着相反的方向说。

fǎn zhèng sēn lín zú gòu dà róng dé xià wǒ men suǒ yǒu rén bù lóng sī
“反正森林足够大，容得下我们所有人！”布龙斯
jī shuō
基说。

jiù shì mò mo dī shēng dá dào
“就是！”莫莫低声答道。

yú shì liǎng huǒ qiáng dào fēn dào yáng biāo tā men zǒu le jǐ bù hòu yòu dōu
于是两伙强盗分道扬镳。他们走了几步后又都
zhuǎn guò shēn qù zài cì hù xiāng huī shǒu dào bié
转过身去，再次互相挥手道别。

nà qī gè yǐn xíng wài sheng yào shi pèng dào zhè zhǒng qíng kuàng huì zěn me yàng
那七个隐形外甥要是碰到这种情况会怎么样
ne rú guǒ yí gè shēng bìng le de huà qí tā liù gè kěn dìng yě huì bèi chuán
呢？如果一个生病了的话，其他六个肯定也会被传
rǎn shàng dào shí bǎo shì jié kěn dìng huì wèi le zhào gù tā men ér máng de tuán
染上。到时保室洁肯定会为了照顾他们而忙得团
tuán zhuàn
团转。

-12-

guài yì de dà māo
怪异的大猫

guài yì de dà māo

怪异的大猫

jiē xià lái dāng lù lín dà dào men lù guò lín zhōng yí kuài yáng guāng càn làn
接下来，当绿林大盗们路过林中一块阳光灿烂
de kòng dì shí tā men chà diǎnr méi fā jué dì shàng tǎng zhe yì zhī zhèng zài dǎ
的空地时，他们差点儿没发觉地上躺着一只正在打
hū lu de guài yì de dà māo
呼噜的怪异的大猫。

zhè shì māo ma wàng dá wèn tā hái cóng lái méi jiàn guo gè tóur
“这是猫吗？”旺达问。她还从来没见过个头儿
zhè me dà de māo
这么大的猫。

kǎ sī bā de liǎn shàng yòu qǐ le hóng diǎnr bù zhī dào zhè cì tā shì yīn
卡斯巴的脸上又起了红点儿。不知道这次他是因
wèi jī dòng ne hài pà ne hái shì wú yì zhōng chī le jiān guǒ kě yǐ kěn dìng de
为激动呢，害怕呢，还是无意中吃了坚果。可以肯定的
shì méi yǒu shén me néng bǐ yì zhī xiǎo māo gèng ràng tā kě wàng yōng yǒu le
是，没有什么能比一只小猫更让他渴望拥有了。

dàn shì tā men miàn qián de zhè zhī māo wán quán bù fú hé tā de xiǎng xiàng
但是他们面前的这只猫完全不符合他的想象。
kǎ sī bā bù jīn xiǎng qǐ le lì li tā chà diǎnr yào kū chū lái le nán dào tā
卡斯巴不禁想起了丽丽。他差点儿要哭出来了。难道他
men yīng gāi bǎ lì li cóng ào sī kǎ shēn biān qiǎng zǒu ma yóu qí zài ào sī kǎ zuì
们应该把丽丽从奥斯卡身边抢走吗？尤其在奥斯卡最
xū yào tā de shí hou zhè me cán rěn de shì jiù lián yí gè sì wú jì dàn pèi dài
需要它的时候？这么残忍的事就连一个肆无忌惮、佩戴

zhe qī bǎ dāo de qiáng dào yě bàn bú dào a
着七把刀的强盗也办不到啊！

dà māo de ěr duo zài shuì mèng zhōng chōu chù le jǐ xià tā ǒu ěr jǔ qǐ
大猫的耳朵在睡梦中抽搐了几下。它偶尔举起
yì zhī máo róng róng de dà jiǎo zhǎng xiàng shì yào qū gǎn yì zhī kàn bú jiàn de cāng
一只毛茸茸的大脚掌，像是要驱赶一只看不见的苍
ying shì de tā jiǎo shàng de zhuǎ zi yòu jiān yòu cháng rú tóng yāo mó guǐ guài de
蝇似的。它脚上的爪子又尖又长，如同妖魔鬼怪的
yì bān jǐn guǎn yáng guāng zhào zài dà māo de shēn shàng tā què sàn fā chū yì
一般。尽管阳光照在大猫的身上，它却散发出一
gǔ sōu chòu wèi jiù gēn zài bāo lǐ fàng jiǔ le wàng le ná chū lái de shī máo jīn
股馊臭味，就跟在包里放久了忘了拿出来的湿毛巾
shì de
似的。

zhè shí dà māo de zuǐ lǐ chuán chū mǎn zú de zā bā shēng jiù hǎo xiàng tā
这时，大猫的嘴里传出满足的咂吧声，就好像它
zài mèng zhōng chī zhe yòng èr shí zhī lǎo shǔ zuò chéng de dàn bǐng yí yàng bù lóng sī
在梦中吃着用二十只老鼠做成的蛋饼一样。布龙斯
jī gǎn dào jí bèi shàng liáng sōu sōu de wèi le ān quán qǐ jiàn tā duǒ dào le lìng
基感到脊背上凉飕飕的。为了安全起见，他躲到了另
wài liǎng gè qiáng dào de shēn hòu
外两个强盗的身后。

nǐ men zěn me le wàng dá wèn suī rán tā yě bù zěn me xǐ huan zhè
“你们怎么了？”旺达问。虽然她也不怎么喜欢这

只大猫，但是她觉得这样对待它也不太公平。她朝旁边瞥了卡斯巴一眼，接着说：“我可记得某人刚刚还说过特想要一只猫来着……”

“哦，哦，现在突然变成就我一个人想要猫啦？！”卡斯巴抗议道。

“不要吵了！”布龙斯基上前低声劝说道，它可不想把大猫吵醒。

“我倒是想知道……”卡斯巴对旺达说，“它身上为什么有那么多伤痕？”他现在走在最后面，以防万一出了什么事，这样他不会成为大猫的第一个猎物。

hái yǒu tā shēn shàng de máo bù lóng sī jī bǔ chōng dào kàn
“还有它身上的毛……”布龙斯基补充道，“看
qǐ lái jiù hǎo xiàng yǒu shēng mìng yí yàng
起来就好像有生命一样！”

bù lóng sī jī yòu liū dào kǎ sī bā de shēn hòu
布龙斯基又溜到卡斯巴的身后。

hái yǒu tā zuǐ lǐ de shì shén me dōng xi a kǎ sī bā wèn
“还有，它嘴里的是什么东西啊？”卡斯巴问。

dàn qí shí shuí yě bù xiǎng què qiè de zhī dào dà māo zuǐ shàng de shēn sè yè
但其实谁也不想确切地知道，大猫嘴上的深色液
tǐ shì cóng nǎr lái de
体是从哪儿来的。

nǐ men kàn jiàn tā de nà zhī ěr duo ma bù lóng sī jī duō duō suō suō
“你们看见它的那只耳朵吗？”布龙斯基哆哆嗦嗦
de yòu wèn le yí jù tā cóng hòu miàn jǐn jǐn bào zhù le kǎ sī bā yīn wèi tā jué
地又问了一句，他从后面紧紧抱住了卡斯巴，因为他觉
de liǎng gè rén jǐn āi zài yì qǐ jiù néng dāo qiāng bú rù xiàng shì bèi shuí yǎo diào
得两个人紧挨在一起就能刀枪不入，“像是被谁咬掉
le yí kuài shì de
了一块似的。”

kǎ sī bā hé bù lóng sī jī shuō de méi cuò suǒ yǒu zhè xiē jì xiàng dōu biǎo
卡斯巴和布龙斯基说得没错，所有这些迹象都表
míng shuí yào shì rě le zhè zhī māo kě méi yǒu hǎo guǒ zi chī xiǎo nǎi māo zhǎng
明，谁要是惹了这只猫可没有好果子吃。小奶猫长

de kě bú shì zhè ge mú yàng
得可不是这个模样。

zán men zuì hǎo jiù zhèng cháng de cóng tā shēn biān zǒu guò qù hǎo xiàng
“咱们最好就正常地从它身边走过去，好像
shá shì yě méi yǒu yí yàng wàng dá zuò chū jué dìng shuō
啥事也没有一样！”旺达做出决定说。

kě shì yào zhèng cháng de zǒu guò qù kě méi nà me róng yì sān gè qiáng dào
可是要正常地走过去可没那么容易。三个强盗
shuí yě bù xiǎng zǒu zài zuì qián miàn ér zǒu zài zuì hòu miàn jiù gèng méi rén lè yì
谁也不想走在最前面，而走在最后面就更没人乐意
le měi gè rén dōu xiǎng zǒu zài sān gè rén de zhōng jiān
了！每个人都想走在三个人的中间。

nà wǒ men jiù bìng pái zǒu ba wàng dá zuì hòu tí yì dào kě shì zhè
“那我们就并排走吧！”旺达最后提议道。可是这
yàng de huà zǒu zài kào jìn dà māo nà yí cè de qiáng dào jiù yǒu diǎnr dǎo méi
样的话，走在靠近大猫那一侧的强盗就有点儿倒霉。
yú shì sān gè qiáng dào zuì hòu hù xiāng wǎn zhe gē bo shì tú cóng dǎ zhe hū lu
于是，三个强盗最后互相挽着胳膊，试图从打着呼噜
de dà māo shēn biān cèng guò qù
的大猫身边蹭过去。

rán ér tā men zuì dān xīn de shì qing jiù zài zhè ge shí hou fā shēng le guài
然而，他们最担心的事情就在这个时候发生了。怪
yì de dà māo zhēng kāi le yì zhī bú nà me nián hū hū de yǎn jing
异的大猫睁开了一只不那么黏糊糊的眼睛。

zhàn zhù tā yì biān hǒu yì biān yòng yì zhī máo róng róng de dà jiǎo
“站住！”它一边吼，一边用一只毛茸茸的大脚
zhǎng dǎng zhù le qiáng dào men de qù lù guāng zhè yì zhī jiǎo zhǎng jiù gēn yì zhī
掌挡住了强盗们的去路。光这一只脚掌就跟一只
chéng nián de cāng shǔ yí yàng dà le
成年的仓鼠一样大了。

zhè zhī māo zhēn de shì nán yǐ yòng yán yǔ lái miáo shù jǐn guǎn rú cǐ
这只猫真的是难以用言语来描述。尽管如此，
wàng dá hái shì yì zhí dōu bǎ tā kàn zuò shì yì zhī māo yì zhī tè bié dà de
旺达还是一直都把它看作是一只猫……一只特别大的
māo yì zhī shàn yú zhàn dòu de māo huò zhě yì zhī liú làng māo
猫，一只善于战斗的猫，或者一只流浪猫。

ér zhè zhī māo gāng gāng jū rán kāi kǒu shuō huà le zhè kěn dìng zhǐ shì
而这只猫刚刚居然开口说话了！这肯定只是
tā de huàn jué ba wàng dá cháo duǒ zài tā hòu miàn de lìng wài liǎng gè qiáng dào
她的幻觉吧？旺达朝躲在她后面的另外两个强盗
zhuǎn guò shēn qù liǎng zhāng cǎn bái de liǎn xiàng tā zhèng míng tā bìng méi yǒu
转过身去。两张惨白的脸向她证明她并没有
huàn tīng bú guò xiàn zài yě méi yǒu shí jiān qù hào qí qù zuó mo zhè dào dǐ shì
幻听。不过现在也没有时间去好奇、去琢磨这到底是
zěn me huí shì le cǐ shí cǐ kè wéi yī zhòng yào de shì qing jiù shì píng píng ān ān
怎么回事了。此时此刻，唯一重要的事情就是平平安安
de cóng dà māo shēn biān zǒu guò qù
地从大猫身边走过去。

后来这三个强盗关于这趟遭遇的描述都不太一样。

“这是要去哪儿啊？”大猫一边打听，一边晃了晃那只被咬掉一块的耳朵。

“我……我……我们？”卡斯巴结结巴巴地说，“我……我……我们回家去，去……去……去我们的强盗……”

“散步！”旺达迅速打断他的话，“我们只是去森林里散散步而已！”旺达捏了捏卡斯巴的手。“嘘！”她低声对他说道，“强盗老窝的事还是不告诉它为妙！”

卡斯巴明白了，他也捏了捏旺达的手。

“真的吗？”怪异的大猫说，它晃了晃那只基本

wán hǎo de ěr duo qù sēn lín lǐ sàn bù
完好的耳朵，“去森林里散步……”

dà māo liě zuǐ yí xiào
大猫咧嘴一笑。

nǐ men dào dǐ yǒu méi yǒu qù guò bié de sēn lín tā wèn
“你们到底有没有去过别的森林？”它问。

12 怪异的大猫

bié de sēn lín　sān gè qiáng dào yì kǒu tóng shēng de wèn　nǎ ge
“别的森林？”三个强盗异口同声地问，“哪个
bié de sēn lín
别的森林？”

dà māo xiào de gèng huān le
大猫笑得更欢了。

bié gēn wǒ shuō nǐ men gēn běn bú rèn de dà jiē lìng yí cè de sēn lín
“别跟我说你们根本不认得大街另一侧的森林！”
tā shuō　jiù zài jiē duì miàn　chuān guò xīn kāi de táng guǒ diàn de dà mén
它说，“就在街对面，穿过新开的糖果店的大门
jiù shì
就是。”

xīn kāi de táng guǒ diàn　kǎ sī bā chóng fù dào　zài jiē
“新开的糖果店？”卡斯巴重复道，“在街
duì miàn
对面？”

dà māo yòu xiào le qǐ lái
大猫又笑了起来。

nà lǐ yě yǒu suān píng guǒ wèi de xiàng pí shé táng ma　kǎ sī bā jiē
“那里也有酸苹果味的橡皮蛇糖吗？”卡斯巴接
zhe wèn
着问。

dāng rán le　dà māo shuō　nǐ néng cóng nàr de shù shàng zhāi xià
“当然了！”大猫说，“你能从那儿的树上摘下

gè zhǒng kǒu wèi de xiàng pí shé táng
各种口味的橡皮蛇糖！”

wàng dá jiāo lǜ de kàn le bù lóng sī jī yì yǎn dà māo zài zhè me shuō xià
旺达焦虑地看了布龙斯基一眼。大猫再这么说下

qù de huà kǎ sī bā kěn dìng huì fēi yào qù nà lǐ bù kě
去的话，卡斯巴肯定会非要去那里不可。

bù lóng sī jī cháo kǎ sī bā fǔ xià shēn zi　nǐ méi tīng jiàn ma　tā
布龙斯基朝卡斯巴俯下身子。“你没听见吗？”他
dī shēng shuō　zài jiē de lìng yí cè
低声说，“在街的另一侧。”

nà yòu zěn me yàng　kǎ sī bā gù zhi de fǎn bó dào　tā shuō shén me
“那又怎么样！”卡斯巴固执地反驳道。他说什么
yě yí dìng yào yí gè suān píng guǒ wèi de xiàng pí shé táng　rán hòu hái yào yí gè kě
也一定要一个酸苹果味的橡皮蛇糖，然后还要一个可
lè wèi de
乐味的。

wǒ men děi dāi zài dà jiē de wǒ men zhè yí cè　bù lóng sī jī tí
“我们得待在大街的我们这一侧……”布龙斯基提
xǐng tā
醒他。

kǎ sī bā shī wàng de juē qǐ le zuǐ
卡斯巴失望地噘起了嘴。

wǒ men　bù lóng sī jī yòu shuō
“我们……”布龙斯基又说。

bǎo zhèng guo de　kǎ sī bā tàn le kǒu qì jiē guò huà tóu shuō dào
“保证过的，”卡斯巴叹了口气接过话头说道，
wǒ zhī dào
“我知道！”

zài shuō xiàn zài liù diǎn dōu guò le　wàng dá kàn le yí xià shǒu jī
“再说现在六点都过了！”旺达看了一下手机

shuō jiù suàn zhēn de yǒu lìng wài yí piàn sēn lín tā xiàn zài kěn dìng yě yǐ jīng
说，“就算真的有另外一片森林，它现在肯定也已经
guān mén le wàng dá bú tài xiāng xìn zhè zhī guài yì de dà māo shuō de huà
关门了。”旺达不太相信这只怪异的大猫说的话。
ér qiě yào chuān guò wēi xiǎn de yǒu sì tiáo chē dào de dà jiē tā kě jiù gèng bù
而且要穿过危险的有四条车道的大街，她可就更不
gǎn le
敢了。

hǎo ba bù lóng sī jī shuō wǒ men xiàn zài gāi zǒu le zài
“好吧，”布龙斯基说，“我们现在该走了！再
jiàn le dà māo xiè xie nǐ gào su wǒ men guān yú lìng wài nà piàn sēn lín de xiāo
见了，大猫！谢谢你告诉我们关于另外那片森林的消
xi wàng dá hé bù lóng sī jī xiǎo xīn yì yì de yuè guò yī rán dǎng zài lù
息！”旺达和布龙斯基小心翼翼地越过依然挡在路
zhōng jiān de māo zhǎng rán hòu hé jiá zài zhōng jiān de kǎ sī bā yì qǐ yáng cháng
中间的猫掌，然后和夹在中间的卡斯巴一起扬长
ér qù
而去。

bù zhī nà qī gè yǐn xíng wài sheng shì fǒu yě gǎn cóng zhè zhī guài yì de dà māo
不知那七个隐形外甥是否也敢从这只怪异的大猫
shēn biān zǒu guò qù ne
身边走过去呢？

-13-

făn huí qiáng dào lăo wō

返回强盗老窝

上述所有事情都发生在强盗老窝的附近。三个绿林大盗一个接一个地爬进洞后，各自靠着抱枕躺了下来。

卡斯巴先把花布袋扔到地上，再把齐利从自己的头顶上拿了下来。“咱们今天打劫的战果真不赖啊！”他满意地用自己的鼻头顶了顶小乌龟。

布龙斯基从裤子口袋里掏出手机，忙着打起字来。

“你干吗呢？”旺达问他。

“我只是要……”布龙斯基头也不抬地答道，“马上就好！”

等布龙斯基把手机又放回裤子口

袋之后，他站起身来盯着战利品袋看了一会儿，然后一把抓起布袋，把里面的东西一股脑儿都倒了出来。

除了比萨盒、大富翁的游戏币和机会卡，布袋里并没有剩下其他什么战利品。

突然，外面响起了敲门声。“这儿是不是住着一个急需泡澡的可怕的小强盗？”外面的声音问道。

绿林大盗们你看看我，我看看你。关于强盗和泡澡这个话题，他们三人没什么可说的。

“没有，没有！”卡斯巴大声答道，“呃……这儿虽然是住着几个强盗，但是没有愿意进浴缸的！”

为了避免产生任何疑惑，他们故作刁蛮地大笑起来。

chú fēi kǎ sī bā zhuǎn niàn yòu yì xiǎng yù gāng lǐ zhuāng mǎn le kě lè hé mài piàn

“除非……”卡斯巴转念又一想，“浴缸里装满了可乐和麦片！”

sān gè qiáng dào xiào de gèng jiā wú lài le

三个强盗笑得更加无赖了。

děng xiào shēng tíng zhǐ hòu wài miàn de shēng yīn shuō dào bǐ nà xiē wán yìr hái yào hǎo de duō yù gāng lǐ quán shì pào pao qiú

等笑声停止后，外面的声音说道：“比那些玩意儿还要好得多！浴缸里全是泡泡球！”

kǎ sī bā de yǎn jing yí liàng tā mǎn huái qī dài de kàn zhe lìng wài liǎng gè qiáng dào shì lán sè de ma tā dǎ ting dào

卡斯巴的眼睛一亮。他满怀期待地看着另外两个强盗。“是蓝色的吗？”他打听道。

dāng rán shì lán sè de la wài miàn de shēng yīn kěn dìng de shuō

“当然是蓝色的啦！”外面的声音肯定地说。

kǎ sī bā xiǎng le xiǎng wǒ men néng yì qǐ zài yù gāng lǐ wán ma tā jì xù wèn

卡斯巴想了想。“我们能一起在浴缸里玩吗？”他继续问。

rú guǒ qí tā rén yuàn yì dāng rán kě yǐ ya nà ge shēng yīn shuō zhèr kěn dìng méi rén huì qiǎng pò xiǎo qiáng dào de

“如果其他人愿意，当然可以呀！”那个声音说，“这儿肯定没人会强迫小强盗的！”

“大盗！我们是绿林大盗！”卡斯巴纠正说。

“噢！真是抱歉！”外面的声音答道，“绿林大盗当然也一样！”

卡斯巴看着布龙斯基和旺达。他们二人点了点头。

“行，那就说定了，”卡斯巴朝洞外喊道，“不过我们现在还有重要的事情要解决一下！”

旺达和布龙斯基惊讶地看着卡斯巴。“我们有啥重要的事情要办啊？”布龙斯基问。“齐利呀！”卡斯巴解释说，“你们没发现它很想家吗？”

三人一起朝小乌龟看去，它缩在洞内的一个角落里，灰头灰脸的，毫无生机。

ò wàng dá zì zé de shuō nà ài dí tè xiàn zài zěn me yàng
“哦……”旺达自责地说，“那艾迪特现在怎么样

le ne tā kěn dìng zǎo jiù xiǎng sǐ qí lì le
了呢？她肯定早就想死齐利了……”

wǒ men bì xū lì kè bǎ qí lì sòng huí qù bù lóng sī jī jiān jué de
“我们必须立刻把齐利送回去！”布龙斯基坚决地

shuō zuì hǎo bǎ dà fù wēng de yóu xì bì hé jī huì kǎ yě yí bìng hái gěi tā
说，“最好把大富翁的游戏币和机会卡也一并还给她。

bì jìng nà shì tā zuì xǐ ài de yóu xì wǒ men liú zhe zhè bàn gè yóu xì yǒu shén me
毕竟那是她最喜爱的游戏！我们留着这半个游戏有什么

yòng yú shì sān gè kě pà de lù lín dà dào zài cì duǎn zàn de chū dòng le
用？”于是，三个可怕的绿林大盗再次短暂地出动了。

yì tiān yǎn kàn jiù yào jié shù le nà qī gè yǐn xíng wài sheng jīn tiān dōu gàn
一天眼看就要结束了，那七个隐形外甥今天都干

le shén me ne zhè ge wèn tí jiù lián bǎo shì jié yě wú fǎ què qiè de huí dá bú
了什么呢？这个问题就连保室洁也无法确切地回答。不

guò kě yǐ kěn dìng de shì tā men zài sēn lín lǐ de kòng dì shàng zhǎo dào le ài
过可以肯定的是，他们在森林里的空地上找到了艾

dí tè de huā sǎn bǎ tā xiū hǎo zhī hòu yòu jiāng qí wù guī yuán zhǔ bù rán de
迪特的花伞，把它修好之后又将其物归原主。不然的

huà dāng lù lín dà dào men dài zhe qí lì huí dào lǎo tài tai jiā shí tā men zěn
话，当绿林大盗们带着齐利回到老太太家时，他们怎

me huì kàn dào niú nǎi tǒng lǐ chā zhe nà bǎ huā sǎn ne
么会看到牛奶桶里插着那把花伞呢！

yè mù jiàng lín
夜幕降临。

sēn lín shàng fāng de yè kōng fán xīng diǎn diǎn
森林上方的夜空繁星点点。

ài dí tè bào zhe qí lì qiè yì de tǎng zài yáo yǐ shàng
艾迪特抱着齐利惬意地躺在摇椅上。

shuō qǐ lái zhēn shì qí guài tā de zhù tīng qì jìng
说起来真是奇怪，她的助听器竟

rán zài kā fēi guàn lǐ nà tā xiàn zài jiù kě yǐ cóng
然在咖啡罐里。那她现在就可以从

yì bǎi sān shí wǔ gè diàn shì pín dào zhōng tiāo
一百三十五个电视频道中挑

yí bù jīng cǎi de jǐng fěi piàn lái guān kàn
一部精彩的警匪片来观看

le zhè zhēn shì tài hǎo la
了，这真是太好啦！

薯片

lí ài dí tè de kè tīng bù yuǎn chù shǔ piàn xiè zhèng zuò zài tā gāng gāng xiū
离艾迪特的客厅不远处，薯片屑正坐在他刚刚修

hǎo de diàn nǎo qián diàn nǎo de píng mù liàng zhe tā dì sān cì ná qǐ shǒu jī kàn
好的电脑前。电脑的屏幕亮着，他第三次拿起手机看

le kàn shōu dào de xìn xī
了看收到的信息。

shǔ piàn xiè
薯片屑：

nǐ hǎo ya zuì jìn guò de zěn me yàng jīn tiān yòu xīn kǔ de xiū lǐ
你好呀！最近过得怎么样？今天又辛苦地修理

le hěn duō dōng xi ma kě bié wàng le chī fàn hē shuǐ yo hái yào jì de
了很多东西吗？可别忘了吃饭喝水哟！还要记得

jīng cháng gěi fáng jiān tōng fēng a zhè duì nǐ de shēn tǐ jiàn kāng fēi cháng
经常给房间通风啊！这对你的身体健康非常

zhòng yào hǎo la wǒ děi zǒu la hǎo hǎo gàn
重要。好啦，我得走啦！好好干！

cǐ zhì wèn hòu
此致问候！

kǎi lì yí mā
凯莉姨妈

kǎi lì yí mā shǔ piàn xiè míng sī kǔ xiǎng le bàn tiān nán dào tā
凯莉姨妈？——薯片屑冥思苦想了半天。难道他

zhēn de yǒu zhè me yí gè yí mā zěn me yǐ qián cóng lái méi rén gēn tā tí qǐ guo
真的有这么一个姨妈？怎么以前从来没人跟他提起过

ne diàn nǎo píng mù àn le xià lái shǔ piàn xiè dòng le dòng shǔ biāo yú shì píng
呢？电脑屏幕暗了下来。薯片屑动了动鼠标，于是屏

mù yòu liàng le tā zuì hòu xiǎng qí shí yě wú suǒ wèi zhè ge kǎi lì yí mā dào dǐ
幕又亮了。他最后想，其实也无所谓这个凯莉姨妈到底

shì cóng nǎr mào chū lái de le tā sì hū tè bié hé ǎi kě qīn zhè cái shì zuì
是从哪儿冒出来的了。她似乎特别和蔼可亲，这才是最

zhòng yào de tā cháo hòu yì yǎng kào zài yǐ bèi shàng kāi shǐ gěi zhè ge xīn yí
重要的。他朝后一仰，靠在椅背上，开始给这个新姨

mā xiě huí xìn
妈写回信。

zhù zài fù jìn de bǎo shì jié gāng gěi tā de qī gè yǐn xíng wài sheng niàn wán le
住在附近的保室洁刚给他的七个隐形外甥念完了

wǎn ān gù shi xiàn zài tā zhàn zài kè tīng de chuāng qián shǔ zhe yè kōng lǐ de
晚安故事。现在他站在客厅的窗前，数着夜空里的

xīng xing
星星。

děng tā què dìng yì kē xīng xing yě méi shǎo gè gè xīng zuò yě méi yǒu fā
等他确定一颗星星也没少，各个星座也没有发

呼——

shēng rèn hé biàn huà zhè cái fàng xià le wò shì de bǎi yè chuāng tā bǎ zì jǐ zuì
生任何变化，这才放下了卧室的百叶窗。他把自己最
xīn ài de yǎn chàng zǔ hé de xù shān gōng gōng zhěng zhěng de dié hǎo rán hòu
心爱的演唱组合的T恤衫工工整整地叠好，然后
cái tǎng dào chuáng shàng tā xǐ huan yí qiè dōu zhěng zhěng qí qí de yì zhǒng
才躺到床上。他喜欢一切都整整齐齐的。一种
mǎn zú gǎn zài tā xīn zhōng yóu rán ér shēng
满足感在他心中油然而生。

guān dēng zhī qián tā hái kāi xīn de kàn le kàn jīn rì dài bàn shì xiàng de qīng
关灯之前，他还开心地看了看今日待办事项的清
dān nà shàng miàn liè chū de suǒ yǒu jì huà jīn tiān wán chéng de shì qing dōu bèi
单。那上面列出的所有计划今天完成的事情都被
zhěng qí de huà shàng le gōu
整齐地画上了勾：

gěi chuāng hu shǒu bǐng hé diàn dēng kāi guān xiāo dú
-给窗户手柄和电灯开关消毒

bǎ lóu tī lán gān cā liàng
-把楼梯栏杆擦亮

huàn dēng pào
-换灯泡

qīng lǐ mén diàn
-清理门垫

shū lǐ dì tǎn suì
-梳理地毯穗

fǔ mō lǜ zhí
—抚摸绿植

qīng xǐ xié dài
—清洗鞋带

guā jìng xié dǐ
—刮净鞋底

zhěng lǐ zì mǔ miàn tiáo
—整理字母面条

shǒu jī kuáng qí shí yě yǐ jīng qù shuì jiào le dàn cǐ shí cǐ kè tā què bǐ zhí de zhàn zài chuáng shàng tā yǐ wéi tīng dào shǒu jī xiǎng le yì shēng bú guò shǒu jī zài nǎr ne tā shuì jiào qián bǎ shǒu jī fàng hǎo le de ya kě shì tā xiàn zài què bú zài nàr le tā cóng chuáng shàng tiào xià lái shǒu jī kěn dìng jiù zài fù jìn tā míng míng tīng jiàn shǒu jī dīng de xiǎng le yì shēng

手机狂其实也已经去睡觉了。但此时此刻，他却笔直地站在床上。他以为听到手机响了一声。不过手机在哪儿呢？他睡觉前把手机放好了的呀，可是它现在却不在那儿了。他从床上跳下来。手机肯定就在附近。他明明听见手机叮地响了一声……

shǒu jī kuáng měng de jīng xǐng le tā quán shēn dà hàn lín lí yuán lái zhǐ shì yì cháng mèng ér yǐ tā zài hēi àn zhōng mō suǒ tā de shǒu jī hái hǎo tā

手机狂猛地惊醒了。他全身大汗淋漓。原来只是一场梦而已！他在黑暗中摸索他的手机。还好，它

hái zài tā yīng gāi zài de dì fang tā zhè cái sōng le kǒu qì shǒu jī réng rán chā
还在它应该在的地方，他这才松了口气。手机仍然插
zài chuáng biān de chā zuò shàng yǐ bèi yè lǐ jìn xíng gēng xīn shǒu jī kuáng yòng
在床边的插座上，以备夜里进行更新。手机狂用
bèi tào cā qù shēn shàng de hàn shuǐ zhè ge è mèng zhēn shì tài xià rén le
被套擦去身上的汗水。“这个噩梦真是太吓人了！”
tā dí gu dào
他嘀咕道。

lí shǒu jī kuáng bù yuǎn chù wèi yīng gé tài tai zhèng zài chōng rè shuǐ dài
离手机狂不远处，魏英格太太正在冲热水袋。
zhè shì jǐ gè lín jū jiā de hái zi jiè gěi tā de wèi tài tai yǐ jīng hǎo duō le tā
这是几个邻居家的孩子借给她的。魏太太已经好多了。她
de shāo tuì le shèng dàn cān jīn zhǐ yě zhǐ bèi yòng lái cā qù ǒu ěr luò xià de yǎn
的烧退了，圣诞餐巾纸也只被用来擦去偶尔落下的眼

lèi　lín jū men bāng le tā zhè me dà de máng　shí zài ràng tā tài gǎn dòng le
泪。邻居们帮了她这么大的忙，实在让她太感动了。

lù lín dà dào men zài gàn shén me ne　tā men huàn shàng le gān jìng de shuì
绿林大盗们在干什么呢？他们换上了干净的睡

yī　zhèng zài dòng qián fèi jìn de zhē teng zhe jǐ gè jù
衣，正在洞前费劲地折腾着几个巨

dà de chuáng diàn yīn wèi dì èr tiān bú yòng qù xué xiào suǒ yǐ tā men kě yǐ
大的床垫。因为第二天不用去学校，所以他们可以
yì qǐ zài qiáng dào lǎo wō lǐ guò yè sān rén gāng bǎ zuì hòu yí gè chuáng diàn
一起在强盗老窝里过夜。三人刚把最后一个床垫
lián tuō dài zhuài de nòng jìn dòng qù ào sī kǎ tū rán chū xiàn le dāng qiáng
连拖带拽地弄进洞去，奥斯卡突然出现了。当强
dào men kàn dào pā zài ào sī kǎ shǒu bì shàng de lì li shí tā men de xīn tiào
盗们看到趴在奥斯卡手臂上的丽丽时，他们的心跳
dōu jiā sù le
都加速了。

wǒ jué de ào sī kǎ zhī zhī wú wú de shuō è wǒ xiǎng
“我觉得……”奥斯卡支支吾吾地说，“呃……我想
lì li jīn tiān kě néng xiǎng zài zhèr shuì jiào
丽丽今天可能想在这儿睡觉。”

sān gè qiáng dào xiān shì yǒu diǎnr jīng yà dàn zhuǎn yǎn jiù lè huài le
三个强盗先是有点儿惊讶，但转眼就乐坏了。

wǒ men yì zhí xiǎng yào yì zhī xiǎo māo ne kǎ sī bā gāo shēng
“我们一直想要一只小猫呢！”卡斯巴高声
hǎn dào tā bào zhù ào sī kǎ de shuāng tuǐ ào sī kǎ nǐ zhēn shì tài
喊道，他抱住奥斯卡的双腿，“奥斯卡，你真是太
hǎo le
好了！”

bié bié zhè yàng ào sī kǎ yì biān dū nang zhe yì biān bǎ zì jǐ
“别，别这样，”奥斯卡一边嘟囔着，一边把自己

cóng kǎ sī bā de yōng bào zhōng jiě tuō chū lái nǐ dōu kuài bǎ wǒ de kù zi chě
从卡斯巴的拥抱中解脱出来，“你都快把我的裤子扯
xià lái le
下来了。”

ào sī kǎ gān gà de xiào le xiào tā bǎ lì li sāi jìn kǎ sī bā de
奥斯卡尴尬地笑了笑，他把丽丽塞进卡斯巴的
huái zhōng
怀中。

wǒ bǎ tā de nǎi píng yě dài lái le ào sī
“我把它的奶瓶也带来了，”奥斯

卡说，“她还不太会从盘子里喝奶……”

奥斯卡和卡斯巴一起钻进洞里，开始为丽丽搭一个小窝。

“你可得向我保证，等它喝完奶后给它揉揉肚子哟！还有，别让它睡觉的时候独自待着。”

只要丽丽能留在他们这儿，卡斯巴愿意立下奥斯卡要求的所有誓言。

“好吧，那……”奥斯卡说。这话的意思大概就是，他又要回到他自己那个昏暗的洞里去了吧！

“奥斯卡！”旺达在他背后喊道。奥斯卡转过身。

“嗯……”旺达停顿了一下，然后她鼓起勇气问道，“嗯，我是说，你为啥不也睡在我们这儿呢？”

“呃……”奥斯卡支吾了一声，从他脸上的表情判断，他似乎也曾有过这样的想法。

“就是呀！”布龙斯基现在也说，“你为啥不也睡在这儿呢？这儿的地方大着呢！足够睡下我们所有人！”

“奥斯卡！”卡斯巴催促道，“你就同意了吧！”

“嗯……”奥斯卡说，“你们的意思是，我应该……呃，我可以……睡在你们的土匪窝里？”

这不正是三个强盗一整天都在期盼的嘛……

“强盗窝！”布龙斯基纠正道。

“强盗窝！”奥斯卡笑着说，“行，好，要这么叫

也行，”他最后小声说，“我马上就回来！”

当奥斯卡过了一会儿返回时，他带来的不仅是睡衣和牙刷。

“你还带了电脑啊？”卡斯巴问。

奥斯卡点了点头。“这上面有最新的蜘蛛侠电影，”他解释道。然后奥斯卡又从包里拿出一样东西。

dāng wàng dá kān dào shì róng yán dēng shí tā de yǎn jing yí liàng
当旺达看到是熔岩灯时，她的眼睛一亮。

wǒ men kě yǐ bǎ tā dǎ kāi ma tā wèn
“我们可以把它打开吗？”她问。

dāng rán kě yǐ le ào sī kǎ diǎn dian tóu
“当然可以了，”奥斯卡点点头。

yú shì zhè yì tiān jiù yǐ jì jīng xīn dòng pò yòu shū fu ān yì de diàn yǐng zhī yè jié shù le yóu yú ào sī kǎ hé qiáng dào men xìn shì dàn dàn de bǎo zhèng chī wán dōng xi yí dìng huì zài shuā yí cì yá yú shì tā men hái pò lì chī le yí dà wǎn xīn xiān chū lú de bào mǐ huā
于是，这一天就以既惊心动魄又舒服安逸的电影之夜结束了。由于奥斯卡和强盗们信誓旦旦地保证，吃完东西一定会再刷一次牙，于是他们还破例吃了一大碗新鲜出炉的爆米花。

zhī hòu lù lín dà dào men tǎng zài chuáng shàng jiǔ jiǔ bù néng rù shuì róng yán dēng de guāng sǎ zài dòng bì shàng liú xià lái huí huàng dòng de bān diǎn tā men bù tíng de shǔ a shǔ a zhǐ shì wèi le ràng zì jǐ yǔ lì lì hé ào sī kǎ dāi zài yì qǐ de shí jiān gèng cháng yì xiē
之后，绿林大盗们躺在床上，久久不能入睡。熔岩灯的光洒在洞壁上，留下来回晃动的斑点，他们不停地数啊数啊，只是为了让自己与丽丽和奥斯卡待在一起的时间更长一些。

jiē dà huān xǐ

皆大欢喜！

hēi wǒ yǐ wéi nǐ men qù shuì
嘿！我以为你们去睡
jiào le
觉了！

wǒ men xiàn zài ná zhè ge bǐ sà hé
我们现在拿这个比萨盒
zěn me bàn
怎么办？

三个绿林大盗
玛娅
旺达
卡斯巴
嘎斯帕
布鲁诺
布龙斯基
奥斯卡
玛莲娜
（新手邮递员）
保宝洁和他的七个隐形外甥
薯片屑
保宝洁

齐利
艾迪特
~~玛娅~~
旺达的妈妈
手机狂
魏英格太太
森林里的另一伙强盗
怪异的大猫
莫莫

图书在版编目（CIP）数据

世界上最可爱的淘气包 /（奥）薇莲娜·霍赫莱特纳著绘；（德）风雷译. -- 北京：中信出版社，2023.2（2023.4重印）
ISBN 978-7-5217-4948-9

Ⅰ. ①世… Ⅱ. ①薇… ②风… Ⅲ. ①童话－奥地利－现代 Ⅳ. ① I521.88

中国版本图书馆 CIP 数据核字 (2022) 第 211748 号

Title of the original edition: Die 3 Räuberinnen
Written and illustrated by Verena Hochleitner

世界上最可爱的淘气包

著　　绘：[奥]薇莲娜·霍赫莱特纳
译　　者：[德]风雷
出版发行：中信出版集团股份有限公司
（北京市朝阳区东三环北路 27 号嘉铭中心　邮编　100020）
承 印 者：北京瑞禾彩色印刷有限公司

开　　本：889mm×1194mm　1/24　　印　　张：7.75　　字　　数：140 千字
版　　次：2023 年 2 月第 1 版　　印　　次：2023 年 4 月第 3 次印刷
京权图字：01-2022-4710
书　　号：ISBN 978-7-5217-4948-9
定　　价：42.00 元